Sainte Roulette

Comédie dramatique en quatre actes

Représentée pour la première fois, à Paris, sur le Théâtre Molière, le 10 Décembre 1904.

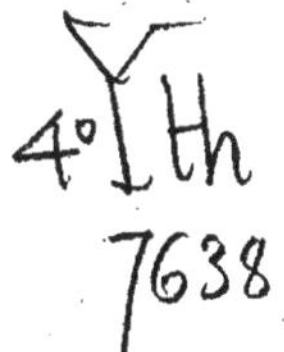

DES MÊMES AUTEURS

A LA LIBRAIRIE PAUL OLLENDORFF

THÉATRE :

Deux heures du matin... quartier Marbeuf (deux actes). (Théâtre du Grand Guignol.)

Hôtel de l'Ouest... chambre 22 (deux actes). (Théâtre du Grand Guignol.)

Une Nuit de Grenelle (un acte). (Théâtre Rabelais.)

Pour la mise en scène et tous autres renseignements, s'adresser à M. Gustave COQUIOT, au siège de la Société des auteurs et compositeurs dramatiques, 8, rue Hippolyte-Lebas, à Paris.

Jean LORRAIN et Gustave COQUIOT

Sainte Roulette

Comédie dramatique en quatre actes

Deuxième Éditions

PARIS

SOCIÉTÉ D'ÉDITIONS LITTÉRAIRES ET ARTISTIQUES

Librairie Paul Ollendorff

50, CHAUSSÉE D'ANTIN, 50

—

1905

PERSONNAGES

LE GÉNÉRAL DOURATIEFF, *65 ans, très russe et de grande allure.*

TERKO, *30 ans, liseur de pensées. Un type de beau garçon.........*

LE COMTE STERNOS, *60 ans...................................*

LE DOCTEUR RABASTENS, *45 ans, très brillant.................*

JACQUES MÉNARD, *28 ans, journaliste.........................*

PIETRO, *valet de chambre du Général Douratieff..................*

LE FAUX MOURLINE, *l'air d'une brute.........................*

UN MAITRE D'HOTEL..

UN MÉDECIN...

UN ALLEMAND...

PREMIER BUVEUR OU JOJO.................................

DEUXIÈME BUVEUR...

TROISIÈME BUVEUR..

PREMIER PROMENEUR.......................................

DEUXIÈME PROMENEUR......................................

PREMIER CHASSEUR..

DEUXIÈME CHASSEUR.......................................

UN GARÇON...

UN MONSIEUR...

MIRKA CIRBEY, *26 ans, très jolie et très élégante................*

MERYEM, *30 ans, juive d'Alger, morphinomane, l'air fatal.........*

LA PRINCESSE ALEXIANEFF, *60 ans.........................*

MARGOT..

NADÈJE, *femme de chambre de la Princesse......................*

PREMIÈRE FILLE..

DEUXIÈME FILLE..

UNE PROMENEUSE..

PROMENEURS, PROMENEUSES, BUVEURS, FILLES, BARMAN, GARÇONS D'HOTEL ET DE RESTAURANT, MUSICANTI, ETC.

Le premier acte se passe à Monte-Carlo. — Le deuxième acte, à Nice. Les deux autres, à Monte-Carlo.

Sainte Roulette

ACTE PREMIER

Une chambre à coucher, modern-style, ameublement riche, au rez-de-chaussée de l'hôtel de Naples, à Monte-Carlo. Porte second plan, à gauche (du spectateur), et au fond, dans l'angle, à droite, deux fenêtres, dont les persiennes sont closes. La fenêtre de face est ouverte. Les fenêtres donnent sur les jardins. Il fait grand jour et le soleil pénètre à travers les lamelles des persiennes.

La chambre est en désordre. Habit de soirée posé sur un fauteuil, etc.

Les tiroirs d'un secrétaire sont tirés et des papiers sont épars sur le tapis.

Sur le lit, dans un pêle-mêle d'oreillers et de draps, le général Douratieff (chemise et pantalon de flanelle) gît à la renverse. Une montre et des bagues sont jetées sur la table.

Au lever du rideau, des ombres de promeneurs passent sur les persiennes. On entend des lambeaux de conversations :

— Et Monte-Carlo vous chante?

— Parbleu! le moyen de ne pas se plaire ici?

— Vous êtes si joueur!

— Mais pas du tout! j'aime seulement les villes exubérantes.

— C'est pourquoi vous allez en Corse?

— Le goût des contrastes, mon cher! Et puis, en Corse, je me repose!

— Vous faites une provision d'orgueil!

— Comme Napoléon! Vous l'avez dit, mon cher!

(*La conversation continue pendant que les promeneurs s'éloignent. Tout à coup, on frappe fortement du dehors, à gauche, à la porte de la chambre.*)

SCÈNE PREMIÈRE

LE VALET DE CHAMBRE DU GÉNÉRAL DOURATIEFF. UN MAITRE D'HOTEL.

La voix *du valet de chambre.* — Général! (*silence*). Général! (*silence*). Mais il est onze heures du matin! Monsieur ne répond pas! (*Il appelle encore, en frappant à la porte.*) Général, c'est moi, votre valet de chambre! (*silence*). Serait-il malade? (*Il essaie d'ouvrir la porte.*) La porte est toujours fermée!

La voix *du maître d'hôtel.* — Le général ne répond pas! A quelle heure s'est-il donc couché? Il est pourtant rentré du jeu de bonne heure. Frappez encore!

(*On frappe de nouveau à la porte. Personne ne répond.*)

Le maître d'hotel. — Vous avez bien une des deux clés, vous?

Le valet de chambre. — Non, le général a les deux clés; c'est lui-même qui m'ouvre tous les matins sur les huit heures. Forçons la porte, entrons!

Le maître d'hotel. — Attendez, j'ai sur moi le passe-partout d'étage.

Le valet de chambre, *au maître d'hôtel.* — Allons, faites vite!

Le maître d'hotel, *mécanisant la serrure.* — Ah! la clé est restée dans la serrure!

Le valet de chambre. — Mais oui, c'est sa manie. Allez vite!

Le maître d'hotel. — Attendez, ce n'est pas mon métier, à moi, de fracturer les portes.

Le valet de chambre. — Allez donc!

Le maître d'hotel. — Ah! voilà! je tiens la clé!... (*il l'a fait tomber dans la chambre*) hop! la voilà tombée! Maintenant, un tour de crochet, et ça y est!

(*La porte s'ouvre et les deux hommes pénètrent dans la chambre.*)

Le valet de chambre. — Ah! Monsieur est là, sur le lit! il dort!

Le maître d'hotel, *montrant la fenêtre ouverte.* — Tiens, une fenêtre est ouverte!

Le valet de chambre. — Oui, Monsieur ouvre souvent une fenêtre quand il lui arrive de se réveiller, au petit jour. Il est russe, il aime respirer largement!

Le maître d'hotel. — Je vais pousser la persienne, on y verra mieux.

(*Le jour entre encore plus, et l'on voit des gens se promener dans les jardins.*)

Le valet de chambre, *inspectant autour de lui.* — Quel désordre!... Le secrétaire est forcé! les tiroirs sont ouverts!... Ah! bon Dieu! on a volé ici!... Mon Dieu! si... (*Il se précipite sur le général.*) Ah!... il a un foulard autour du cou! le visage est tuméfié!... Mais on l'a étranglé! (*Il crie à tue-tête.*) A l'aide! au secours!

Le maître d'hotel. — Je vous en prie, taisez-vous, pas de scandale!

Le valet de chambre. — Vite! vite, courez chercher le médecin de l'hôtel!

Le maître d'hotel. (*Il sort en courant.*) — J'y vais!

Le valet de chambre, *essayant de soulever le général.* — Général! C'est moi, Piétro! Mon Dieu, que s'est-il donc passé? Monsieur ne me répond pas! J'ai peur! Ah! le foulard, il tient, il est serré! Il faut que je le retire pourtant!... Ça y est! (*Il le jette sur le pied du lit. — Il prend des sels et les fait respirer au général.*) Général!

(*Le général se ranime un peu et bredouille quelques mots.*)

LE GÉNÉRAL. — Ah!... quel cauchemar!... qui est là?

LE VALET DE CHAMBRE. — Moi, Pietro!... Ah! vous m'avez fait peur, général! J'ai été obligé de forcer la porte!... J'ai appelé le médecin!...

(*Le général est maintenant assis sur le lit. Il respire difficilement.*)

LE VALET DE CHAMBRE, *voyant son maître se ranimer.* — Ah! Monsieur respire mieux! Je l'ai déjà dit à Monsieur : je devrais coucher près de sa chambre; c'est imprudent de la part de Monsieur de me reléguer au dernier étage de l'hôtel. On sait Monsieur riche: on l'a volé, parbleu, ça se voit! On est entré ici, comme dans un moulin!... Ah! voici le médecin!

SCÈNE II

LES MÊMES, plus LE MÉDECIN.

LE MÉDECIN. — Eh bien?

LE VALET DE CHAMBRE, *montrant le général retombé sur le lit.* — Voyez!

LE MÉDECIN, *examinant le général.* — Oui, il y a eu tentative d'étranglement. (*Au maître d'hôtel.*) Vous m'avez bien renseigné! Mais tentative nettement avortée; le général en reviendra. (*Il cause au général.*) Général, remettez-vous, cela ne sera rien! (*Aux deux hommes et toujours s'occupant du général.*) Un vol, il n'y a pas de doute; les tiroirs sont forcés, vidés de tout l'argent qu'ils contenaient, hein? Le général a voulu regimber, on l'a étranglé, c'est classique; les voleurs opèrent toujours ainsi!

LE MAÎTRE D'HÔTEL. — Des voleurs! mais ils n'ont pas pris la montre, les bagues. Tenez, tous les bijoux sont là sur la table, bien en évidence.

LE MÉDECIN. — Oui, pour donner le change! Et puis, c'est le diable pour se défaire des bijoux volés. On n'en tire rien et on se livre! (*Au valet de chambre.*) Donnez-moi un verre, je vais essayer de lui faire prendre un cordial... (*Il verse le contenu d'un petit flacon dans un verre.*) La mâchoire est serrée comme un étau. (*Il fait boire le général.*) Allons, buvez!... Là! vous voyez, vous allez mieux! (*Aux deux hommes.*) Et surtout, ne l'interrogez pas; laissez-le se remettre! L'alerte a été vive!

LE VALET DE CHAMBRE. — Mais il faudrait, peut-être, prévenir à la Principauté?

LE MÉDECIN. — Non, attendez. Le général a-t-il des amis intimes ici?

LE VALET DE CHAMBRE. — Oui, Mme Mirka, M. Boris Mourline, M. Sternos, la princesse Alexianeff...

LE MÉDECIN. — Mme Mirka, son amie?

LE VALET DE CHAMBRE. — Oui, mais de jour, car elle ne l'accompagne jamais la nuit.

LE MÉDECIN. — Alors, non!... Cela pourrait lui porter un coup.

LE VALET DE CHAMBRE. — C'est surtout M. Boris Mourline qu'il faudrait prévenir. Le général Douratieff est le plus intime ami de son père. M. Boris Mourline et le général Douratieff ne se quittent pas.

LE MAÎTRE D'HÔTEL. — Mais M. Boris Mourline n'est pas là; il est parti ce matin à huit heures. Il est à Cannes.

LE MÉDECIN. — Alors quelqu'un de ses amis de la colonie russe : M. Sternos, par exemple. (*Au garçon.*) Allez vite! Il est là, dans les jardins, sûrement, il y est tous les matins.

(*Sort le maître d'hôtel.*)

LE VALET DE CHAMBRE, *revenu près du lit où gît Douratieff.* — Docteur! le général ouvre les yeux! Il revient à lui!

LE GÉNÉRAL. — Ah! je souffre!... Que s'est-il passé?... Je ne sais plus! Je ne sais plus!

LE MÉDECIN. — Mais rien, général! Vous allez être sur pied dans une heure. Il ne faut pas que vous perdiez votre journée. La table de jeu, c'est encore pour vous le meilleur cordial!

(*Entre en coup de vent Sternos.*)

SCÈNE III

LES MÊMES, plus STERNOS.

STERNOS, *anxieux et avide.* — Eh bien, qu'est-ce qui se passe? (*Voyant le médecin et le saluant.*) Monsieur! (*Tout de suite vers le général, sans plus de souci du reste.*) Ah! mon pauvre ami, on m'a dit! vous l'avez échappé belle! Qu'est-ce qu'il y a, voyons?

(*Le médecin touche le bras de Sternos pour le rappeler à plus de ménagement.*)

LE MÉDECIN. — Monsieur, le général est encore tout étourdi, je vous en prie!

STERNOS, *qui s'en moque* (*au général*). — Enfin, parlez! Alors quelqu'un est entré ici cette nuit, on vous a volé?... Mais par où est-on entré, on m'a dit que la porte était fermée?

(*Le médecin fait des signes d'impatience.*)

LE GÉNÉRAL. — Je ne sais plus! Je ne sais plus rien!

STERNOS. — Allons, allons, il faut parler! Il faut tout dire! (*Au médecin.*) Il y a peut-être du chloroforme dans le foulard, on aura endormi le général avant de le voler. (*Il tend le foulard au médecin.*) Voyez, docteur!

LE MÉDECIN, *un peu sèchement.* — Il n'y a pas eu de chloroforme.

STERNOS, *à Douratieff.* — Alors, dites, voyons, vous?

DOURATIEFF. — Je ne sais plus!... Rien! rien!

STERNOS. — C'est étrange! Enfin un homme s'est introduit ici?

DOURATIEFF. — Oui... par la fenêtre... Je me rappelle...

STERNOS. — Alors?

DOURATIEFF. — Alors il s'est jeté sur moi...

STERNOS. — Et puis?

DOURATIEFF. — Et puis... je ne sais plus!...

STERNOS. — Comment?

DOURATIEFF. — Je me suis évanoui!... Je ne sais plus!...

STERNOS, *pressant.* — Mais son visage?

DOURATIEFF. — Hein?

STERNOS. — Oui, le visage de cet homme?

DOURATIEFF. — Je ne l'ai pas vu! Me souviens pas!

LE MÉDECIN, *à Sternos.* — Je vous en prie, monsieur...

STERNOS. — Mais non, docteur, il faut savoir : je

suis l'ami du général Douratieff, et j'ai été lieutenant de police à Saint-Pétersbourg ! Je dois établir tout de suite des faits…

LE MÉDECIN, *sèchement.* — A votre aise! (*Il salue comme pour se retirer.*) Monsieur!

STERNOS. — Mais non, docteur, faites-nous d'abord une ordonnance. L'ébranlement nerveux de mon pauvre ami a été grand, vous allez le dissiper! Docteur, j'ai toute confiance en vous! (*Au valet de chambre.*) Donnez vite de quoi écrire!

(*Le médecin s'assied à une table, écrit une ordonnance et la tend au valet de chambre. Pendant ce temps, Sternos n'a pas cessé d'être après le général.*)

STERNOS. — Enfin, vous ne vous souvenez de rien?

DOURATIEFF. — De rien

STERNOS. — C'est de plus en plus étrange! (*Au valet de chambre*) et vous, Piétro, vous n'avez rien vu? Voyons, je dois insister…

LE MÉDECIN, *se retirant.* — Monsieur!

STERNOS. — Au revoir, et merci, docteur! (*Au valet de chambre.*) Reconduisez monsieur! (*Et tout de suite auprès du général.*) Allons, reprenez vos esprits! Un indice et je pourrai reconstituer toute la scène…

(*Le général ne répond rien, il est retombé sur son lit.*)

STERNOS, *au valet de chambre.* — Et tout le secrétaire a été visité?

LE VALET DE CHAMBRE. — Oui, monsieur.

STERNOS. — Il y avait beaucoup?

LE VALET DE CHAMBRE. — Monsieur avait retiré hier quatre-vingt mille roubles du Crédit Lyonnais.

STERNOS. — Alors, le voleur savait ce détail, quelqu'un a suivi le général à la banque!

LE VALET DE CHAMBRE. — Bien sûr! et, vous voyez, on n'en voulait qu'à l'argent; on n'a pas pris les bijoux!

STERNOS. — Oh! je saurai bien!… En attendant, il faudrait prévenir tout de suite M. Boris Mourline.

LE GÉNÉRAL. — Ah!…

LE VALET DE CHAMBRE. — Voyez, le général a tressailli!

STERNOS. — Ah!… Oui, prévenez tout de suite M. Boris.

LE VALET DE CHAMBRE. — Mais il est à Cannes! Il a pris ce matin le train de huit heures!

STERNOS. — Boris à Cannes! parti ce matin à huit heures! Mais alors il ne dort pas; il était encore au baccara cette nuit, à deux heures!

LE MAITRE D'HOTEL. — M. Boris Mourline est même rentré à trois heures, je me rappelle parfaitement, et avant de rentrer chez lui, il est entré chez le général.

STERNOS. — Le crime a donc eu lieu dans la matinée entre quatre et cinq heures ou de cinq à six heures, M. Boris Mourline une fois sorti!

LE VALET DE CHAMBRE. — Oui, on devait épier les allées et venues de M. Boris Mourline. M. Sternos sait bien que M. Mourline entrait ainsi à toute heure de nuit chez le général; ils font bourse de jeu commune, et M. Mourline venait souvent lui rendre compte de ses gains et de ses pertes pendant la nuit. Le général a vu M. Mourline enfant, il le considère comme son fils…

STERNOS. — Alors il faut vite télégraphier à M. Mourline, à Cannes.

LE VALET DE CHAMBRE. — Mais où ça? Il est à déjeuner dans quelque villa ou sur quelque yacht… Il rentrera bien sûr ce soir.

STERNOS. — Alors, il faut aviser tout de suite la Principauté, amener l'arrestation du voleur! Et Mourline qui n'est pas là! Il aurait pu nous renseigner, lui; il connaît tous les décavés de la salle de jeu. Il y a là-dedans des visages qu'on devine capables de tout! (*Au maître d'hôtel.*) Courez vite au Palais!

LE MAITRE D'HOTEL. — Oh! je vous en prie, monsieur, n'ébruitons pas la chose! Pas de scandale! Nous découvrirons bien le voleur, sans bruit, sans esclandre.

STERNOS, *qui s'est rapproché de la fenêtre de face et a dévisagé un promeneur.* — Je m'en moque bien! Mais voilà M. Terko, là-bas, le liseur de pensées, l'homme de confiance du général! (*Au valet de chambre.*) Dites-lui de venir me parler tout de suite!

LE VALET DE CHAMBRE. — Bien, monsieur! (*En sortant.*) S'il y a quelqu'un de louche, c'est bien ce M. Terko. Il aurait fait le coup que je n'en serais pas étonné.

(*Il sort.*)

LE MAITRE D'HOTEL. — M. Terko, le liseur de pensées! Mais il gagne cinq louis par jour ici avec les joueurs.

STERNOS. — Oui, cinq louis les jours d'imbéciles; il est vrai que ceux-là ne se reposent jamais!

(*Terko vient à la fenêtre de face. Sternos lui parle sans le laisser entrer.*)

STERNOS, *à Terko.* — M. Terko, courez vite au Palais! vous y avez vos entrées, vous, et racontez la chose…

TERKO. — Quelle chose?

STERNOS. — La tentative d'assassinat sur la personne du général Douratieff et le vol de quatre-vingt mille roubles…

TERKO. — On a tenté de tuer le général?

STERNOS. — Mais oui, mais oui. Je vous donnerai des détails. Courez vite! Recommandez surtout qu'on observe et qu'on écume tous les gens douteux d'ici, et il y en a!

TERKO. — Ah! bien, si je m'attendais!

STERNOS, *le poussant.* — Allez, allez! (*Au maître d'hôtel.*) Et vous, suivez M. Terko, vous direz ce que vous avez vu!

LE MAÎTRE D'HÔTEL. — C'est bien!.. Au revoir, monsieur le Comte!

(*Il s'en va.*)

STERNOS, *revenu près du général, au valet de chambre.* — Donnez-moi la potion… Là! (*Il force à boire le général.*) Si! il le faut! Vous allez déjà beaucoup mieux! Vous respirez bien, vos yeux brillent! (*Et tout de suite.*) Ah! cette fois, vous allez me dire comment la chose s'est passée, allons!

LE GÉNÉRAL. — Je ne sais rien!.. oui, rien… c'est confus!.. je ne sais pas!

STERNOS. — Allons, je vais vous aider!.. Si! Si!

(*On frappe à la porte. Le valet de chambre va voir.*)

LE VALET DE CHAMBRE. — C'est Mme Mirka qui demande à voir le général.

STERNOS, *à Douratieff.* — Voulez-vous voir Mirka?

DOURATIEFF, *le plus joyeusement qu'il peut.* — Oui, qu'elle entre!

STERNOS. — Il y a du bon! vous rendez encore sur les jolies femmes! (*Au valet de chambre.*) Faites entrer!

SCÈNE IV

LE GÉNÉRAL, STERNOS, LE VALET DE CHAMBRE, MIRKA.

MIRKA, *à Sternos.* — Eh bien, qu'est-ce qu'il y a? Comment va-t-il ?

STERNOS. — Oh ! ce ne sera rien, rassurez-vous !

MIRKA, *près du général.* — Mon Dieu! Mon Dieu! mon ami ! Mais c'est affreux ! Que vous est-il arrivé? Nous étions si gais, si contents, si heureux de vivre, hier au soir !.. Et quand je pense qu'aujourd'hui j'aurais pu... Oh ! c'est affreux ! c'est affreux !.. Cette tentative d'assassinat a déjà fait le tour de la Principauté : Le médecin m'a tout dit ! Mais, Dieu merci ! vous en serez quitte pour quelques jours de repos... On vous a volé beaucoup?

LE GÉNÉRAL, *d'une voix faible.* — Mais je ne sais pas ! Mon secrétaire, vous voyez, a été forcé!

MIRKA. — Oui, les voleurs ont mis votre évanouissement à profit. Mais qu'importe, n'est-ce pas, très cher! puisque vous êtes sauf?

LE GÉNÉRAL. — Chère Mirka !

MIRKA, *avec empressement.* — Aussitôt qu'on m'a annoncé cette épouvantable nouvelle, j'ai tout quitté, j'étais affolée !

STERNOS. — Oh ! mais cela va très bien : je laisse ensemble les amoureux ?

LE GÉNÉRAL. — Non, restez.

MIRKA, *étourdiment.* — A-t-on prévenu M. Boris Mourline?

LE GÉNÉRAL, *dressé sur son séant, la regarde avidement.* — Boris? Pourquoi ?

MIRKA. — Votre meilleur ami !

STERNOS. — Boris n'est pas ici ; il a quitté Monte-Carlo, il est à Cannes.

LE GÉNÉRAL. — Ah! Boris a quitté Monte-Carlo ! (*Un temps.*) Et vous, Mirka, vous n'allez pas à Cannes, aujourd'hui?

MIRKA. — A Cannes! Pourquoi à Cannes? Vous êtes alité, je reste auprès de vous; et puis je ne connais personne là-bas !

LE GÉNÉRAL. — Vous y auriez rencontré Boris Mourline !

MIRKA. — Eh ! qu'est-ce que vous voulez que je fasse de Mourline ? Boris m'est tout à fait indifférent. Je lui parle parce que je le rencontre ici. C'est votre ami le plus dévoué, le plus sûr, jamais il ne manque de célébrer devant moi toutes vos bontés ! Mais c'est tout, mon Dieu ! c'est tout ! méchant jaloux !

LE GÉNÉRAL. — Chère Mirka ! Grâce à vous, je vais mieux. Oui, voyez le miracle : je sens que je puis me lever et marcher.

STERNOS, *s'empressant.* — Non, ne bougez pas! (*On frappe à la porte.*) Bon, encore quelqu'un ! Faut-il répondre, général ?

LE GÉNÉRAL. — Oui.

STERNOS. — Allons, qui va là ?

(*Il ouvre la porte. Entre l'Alexianeff en coup de vent, très évaporée.*)

SCÈNE V

LES MÊMES, plus L'ALEXIANEFF.

L'ALEXIANEFF, *très bruyante.* — Mais, je veux le voir, ce cher général! M'assassiner mon bon Douratieff! Et comment cela s'est-il passé? (*Avisant Mirka.*) Oh ! je vous dérange ! Je ne suis plus en peine de vous avec une telle garde-malade ! Madame est si jolie ! Allons, vous ne dételerez jamais, général ! Mais, dites-moi ! C'est épouvantable !

LE GÉNÉRAL. — Mais il n'y a rien, princesse !

L'ALEXIANEFF. — Si ! si ! on m'a raconté une chose affreuse : un foulard qu'on a eu toutes les peines du monde à retirer de votre cou ! Aussi, comme vous êtes imprudent !

STERNOS. — Comment, imprudent ?

L'ALEXIANEFF. — Mais oui, le général n'aime que les rez-de-chaussée, et quatre-vingt mille roubles dans un rez-de-chaussée où l'on peut entrer si facilement, cela tente ! (*A Douratieff.*) Vous ai-je assez prêché de venir vous loger à côté de moi, au 1er? Là, aucun danger ! Mais voilà : Je vous aurais gêné pour vos frasques !

LE GÉNÉRAL. — Oh ! Princesse !

L'ALEXIANEFF. — Si ! Si ! vous êtes un vieux débauché ; et sans les quatre-vingt mille roubles, je croirais à une vengeance ! (*Geste de protestation du général.*) Oui, oui, vous êtes insupportable, vous tentez le poignard ou le revolver. Au jeu, vous ne faites que lorgner les femmes !...

STERNOS. — Princesse !

L'ALEXIANEFF, *sans s'arrêter.* — Et quand on a une aussi jolie amie que Madame, on se tient tranquille, que diable !

(*On frappe à la porte.*)

STERNOS. — Encore !

(*Il va à la porte.*)

UN CHASSEUR. — C'est une lettre très pressée pour Mme Mirka.

STERNOS, *il prend la lettre.* — Donnez !

(*Puis il la donne à Mirka.*)

MIRKA. — Merci, cher ! (*considérant tout de suite l'écriture de l'adresse et sans réfléchir*). Tiens, c'est de Boris Mourline !

LE GÉNÉRAL, *aussi fermement qu'il peut.* — Donnez-moi cette lettre !

MIRKA. — Général, le temps de la parcourir. (*Elle décachète la lettre, lit quelques mots, tressaille et remet précipitamment la lettre dans sa ceinture.*) Une facture, une ressemblance étonnante dans l'écriture ! que je suis sotte ! Je me suis trompée !

LE GÉNÉRAL. — Et de qui cette facture ?

MIRKA, *très agitée, maintenant.* — De Méris, mon modiste.

LE GÉNÉRAL. — Et de combien la facture ?

MIRKA. — De huit cents francs, une bagatelle, vous voyez !

LE GÉNÉRAL. — Et vous vous laissez poursuivre jusqu'ici pour huit cents francs, Mirka. Il me semble qu'avec l'argent que je vous donne...

MIRKA. — Ne me grondez pas, mon ami ; j'ai joué, que voulez-vous, et j'ai perdu...

LE GÉNÉRAL. — Mais j'étais bon pour vous régler encore une facture de quarante louis...

MIRKA. — Oui, je sais, mon ami, mais je vous avais tant demandé ces jours-ci ; ne m'en veuillez pas !

LE GÉNÉRAL. — Contre votre engagement de ne pas recommencer. Vous enverrez cet argent ce soir même, n'est-ce pas ?

MIRKA. — Mais oui, mon ami, je vous le promets ! Allons, ne vous tourmentez plus !

STERNOS. — Nous allons même vous laisser. Le médecin m'a recommandé pour vous le plus grand calme. (*Au valet de chambre.*) Vous, Piétro, veillez attentivement sur votre maître !

LE VALET DE CHAMBRE. — Oui, monsieur.

STERNOS. — Je reviendrai du reste à trois heures.

MIRKA. — Et moi à quatre !

L'ALEXIANEFF. — Et moi à six, pour vous donner des nouvelles de la salle de jeu !

(*En se penchant sur le lit, elle a pris le foulard.*)

LE GÉNÉRAL. — Vous m'abandonnez tous ?

STERNOS. — Mais oui, mais oui.

L'ALEXIANEFF. — Il le faut ! Au revoir ! (*montrant le foulard à Sternos.*) Si je ne gagne pas avec ça !

STERNOS. — Quoi ça ?

L'ALEXIANEFF. — Mais le foulard qui l'a à moitié étranglé ! cela vaut de la corde de pendu ! A présent, je vais jouer les deux douzaines.

STERNOS. — Vous êtes incorrigible !

(*Mirka fait au revoir de la main, en envoyant un baiser.*)

TOUS, *en sortant.* — Au revoir, général, au revoir !

MIRKA. — Au revoir !

LE GÉNÉRAL, *la rappelant.* — Mirka !

MIRKA. — Mon ami !

LE GÉNÉRAL. — Embrassez-moi, Mirka !

MIRKA. — Oh ! pardonnez-moi ! Nous n'étions pas seuls ! (*Elle vient à lui et l'embrasse.*) Au revoir, au revoir, méchant jaloux ! Finies ces vilaines idées ! Vous savez bien qu'on n'aime que vous !

LE GÉNÉRAL, *prenant la lettre glissée dans la ceinture de Mirka.* — C'est vrai, Mirka ?

MIRKA. — Si c'est vrai ! regardez mes yeux ! est-ce que je sais mentir, moi ?

DOURATIEFF. — Alors, c'est vrai ?

MIRKA. — Mais oui, mais oui ! Allons, allons, du calme, dormez, rêvez de moi, je reviendrai à quatre heures ! Addio, mio caro !

(*Elle sort.*)

SCÈNE VI

LE GÉNÉRAL, LE VALET DE CHAMBRE.

(*A peine est-elle sortie que le général saute de son lit. Il dévore la lettre.*)

LE GÉNÉRAL, *rageusement.* — Ah ! cette lettre, c'est bien de Boris Mourline, c'est bien de lui ! j'en étais sûr ! Il y a un mois que je les soupçonne ! Ah ! Comme ils m'ont bien trompé ! Comme ils se sont bien joués de moi ! Lui, que j'aimais comme mon fils ! elle, que j'idolâtrais ! Mais je les perdrai ! Avec ce visage d'enfant, dire qu'elle est sa complice ! Cette lettre, cette maudite lettre dissipe tous mes doutes ! (*Il appelle le valet.*) Pietro ! Pietro !

PIETRO, *entrant.* — Monsieur, Monsieur !

LE GÉNÉRAL. — Vite ! Vite ! rappelle Sternos, je veux lui parler !

PIETRO. — Mais Monsieur !...

LE GÉNÉRAL, *montrant furieusement la porte.* — Allez ! Allez !

(*Sort le valet de chambre.*)

SCÈNE VII

LE GÉNÉRAL, *seul.*

Ah ! les gueux ! (*Il relit la lettre à haute voix.*) « Je suis à Cannes, viens m'y rejoindre ; nous irons ensuite à Toulon ; Marseille serait trop dangereux, je te dirai pourquoi. Il y a de l'irréparable maintenant entre nous ! M'aimeras-tu encore quand tu sauras ? Moi, je t'aime encore plus qu'au premier jour, et tu peux m'aimer sans arrière-pensée : je suis riche !

« Boris. »

Ah ! Dieu soit loué ! Mirka n'est pas tout à fait sa complice ! Pourtant elle devait savoir des choses ! Mais elle est la maîtresse de Boris, et voilà ce qui me torture ! Comme elle a bien joué devant moi la comédie de l'indifférence. J'ai cru un moment qu'elle disait vrai, qu'elle n'avait aucun sentiment pour ce Mourline ! Ils m'ont dupé, trahi ! Ah ! je les perdrai ! je les perdrai !

(*Entre Sternos.*)

SCÈNE VIII

LE GÉNÉRAL, STERNOS.

STERNOS. — Qu'y a-t-il ?... Comment, vous êtes levé ?

LE GÉNÉRAL. — Oui, je vais tout vous dire maintenant, tout !

STERNOS. — Quoi ?

LE GÉNÉRAL. — Eh bien, c'est Mourline qui a fait le coup ! Oui, Mourline, entendez-vous : Mourline !

STERNOS. — Mourline ?

LE GÉNÉRAL. — Oui, Boris !

STERNOS. — Mais c'est impossible !

LE GÉNÉRAL. — Entendez-vous : Mourline !

STERNOS. — Mais vous devenez fou !

LE GÉNÉRAL, *lui jetant la lettre.* — Lisez cette lettre : Mourline attend Mirka pour s'enfuir avec elle !

STERNOS. — Mais c'est de la démence !

LE GÉNÉRAL. — Oui, Mourline, entendez-vous ! Il me vole à la fois mon argent et mon amour ! C'est pour cette fille qu'il a tenté de me tuer !

STERNOS. — Vous dites ?

LE GÉNÉRAL. — Oui, lisez, lisez cette lettre !

STERNOS, *tout en parcourant la lettre.* — Et pourquoi ne m'avez-vous rien dit, ce matin ?

LE GÉNÉRAL. — Parce que je ne pouvais croire à tout l'odieux de la chose ! Pouvais-je soupçonner qu'il volait pour Mirka ? Elle, Mirka, je lui donnais tout l'argent qu'elle voulait, tout, entendez-vous ! Et lui, combien de fois l'ai-je aidé à payer ses dettes, celles de jeu et les autres ! Ah ! je les perdrai tous les deux !

STERNOS. — Mais Mirka ne savait pas !

LE GÉNÉRAL. — Si ! Si !

STERNOS. — Allons donc ! son attitude tout à l'heure le prouve assez ; et cette lettre, c'est l'évidence même : Mirka est innocente !

LE GÉNÉRAL. — Oui, mais elle m'a trompé ! Elle est sa maîtresse, sa maîtresse, entendez-vous ! cette lettre le prouve, sa maîtresse !

STERNOS. — Une faiblesse de femme !

LE GÉNÉRAL. — Et sa trahison à lui ?

STERNOS. — Mais taisez-vous, songez au scandale, à son père, votre ami Nicolas Mourline, gouverneur de Moscou.

LE GÉNÉRAL. — Non, non ! je serai impitoyable ! Les quatre-vingt mille roubles, je m'en moque, Boris m'en a fait bien d'autres; mais c'est Mirka que je ne lui pardonne pas! Je l'aime cette fille, je l'aime encore, oui, de toutes mes forces! Ah! la gueuse!

STERNOS. — Mais Mourline était fou! son agression...

LE GÉNÉRAL. — Je lui aurais pardonné encore! Je le croyais affolé d'une autre femme; et quand il s'est jeté sur moi, parce que je ne voulais pas lui prêter les quatre mille louis qu'il me demandait, je l'ai presque excusé, entendez-vous, Sternos, excusé! et je n'ai pas appelé, entendez-vous, pas appelé! et je l'ai laissé presque me voler, forcer ce secrétaire, emporter tout l'argent que j'avais chez moi! Mais Mirka, Mirka! ah! cela! non! non!

(Il appuie sur un bouton électrique.)

STERNOS, *s'empressant.* — Que faites-vous?

LE GÉNÉRAL. — Je veux qu'on prévienne la police!

STERNOS. — Taisez-vous, songez au scandale!

LE GÉNÉRAL. — Je m'en moque! Le scandale, je le veux! *(Entre Pietro. Au valet de chambre.)* Allez vite prévenir la police, qu'on vienne ici; j'ai des détails à donner sur l'agression dont j'ai été victime, des détails, oui, très intéressants!...

STERNOS. — Je vous en conjure!...

LE GÉNÉRAL, *au valet de chambre.* — Allez!

(Sort le valet de chambre.)

LE GÉNÉRAL, *avec une fureur ironique.* — Oui, des détails très intéressants! Je dirai tout, tout, entendez-vous! Ah! il a des mains de bourreau, Boris! Il me serrait bien! A présent, c'est à mon tour de le tenir, de le serrer à la gorge, comme il m'a fait tout à l'heure, de le voler à mon tour, oui, de lui voler sa vie, comme il m'a volé Mirka!

STERNOS. — Mon ami!

LE GÉNÉRAL, *l'écartant et retombant accablé sur une chaise.* — Laissez-moi! laissez-moi! qu'on me laisse seul! seul! tout seul... Je parlerai! Je veux parler!

Rideau.

ACTE II

Le Spanish-Bar du Jardin Masséna, à Nice, le soir. Glaces et tulipes lumineuses. Dans le fond, de face, le comptoir habituel avec la verrerie de couleur, étiquettes anglaises et petits drapeaux. Porte pleine, second plan, à gauche, à côté du comptoir; et, au premier plan, à droite, porte vitrée, c'est l'entrée du bar. Sur une estrade, à droite, quatre musicanti, pantalons blancs et ceintures rouges, sabrant, par intervalles, à coups d'archet, d'énervantes tarentelles.

La musique commence avant le lever du rideau.

SCÈNE PREMIÈRE

MERYEM, MARGOT, JOJO, DEUX BUVEURS, UNE FILLE.

(*Au lever du rideau, le bar est rempli de monde, des hommes en habit noir et des femmes sont assis, sirotant des coktails.*)

(*Meryem est à une des tables du premier plan droit; l'orchestre joue un air très gai, et une fille en grande toilette de bal, le manteau de soirée ouvert sur la robe, mime, devant le trou du souffleur, une danse applaudie par un groupe d'habits noirs qui l'entourent.*)

PREMIER BUVEUR. — Bravo, Margot! bravo!

PREMIÈRE FILLE. — Hein, c'est enlevé!

TROISIÈME BUVEUR. — Encore un pas, Margot!

MARGOT. — Tu ne voudrais pas, tu t'en ferais mourir! (*Au garçon.*) Henri! une Saint-Marceaux! c'est Jojo qui paye!

(*Le bar éclate de rire.*)

PREMIER BUVEUR ou JOJO, *à Margot.* — Dis donc, toi, faudrait pas t'habituer à ces douceurs-là! T'as de la chance que je l'ai pour toi, le béguin!

MARGOT. — Tu parles! (*Au garçon.*) Et un paquet de cigarettes! (*Au comptoir.*) Allez! oust! faites-moi de la place, les enfants!... (*Elle s'assied, et la voix boulevardière.*) Et qu'est-ce qu'on fout demain? Allez, parlez pas tous à la fois!

PREMIER BUVEUR. — Une grande ballade en auto, ça va?

MARGOT. — Sur la Corniche, naturellement! T'es rien moche, mon pauvre Jojo!

PREMIÈRE FILLE. — Elle a raison, Margot! C'est idiot ce que tu proposes là, Jojo.

PREMIER BUVEUR, *à la fille.* — Toi, ça te fera pas de mal, une ballade au grand air, ça te retapera!

PREMIÈRE FILLE. — Espèce de mufle! Tu parles de la tête des autres, quand tu regardes la tienne! T'es rien déjeté, mon vieux!

DEUXIÈME BUVEUR. — Fermez, les enfants! Non, non, pas d'auto! Clerget met demain son yacht à notre disposition.

TOUS. — La Mouette! bravo! bravo!

DEUXIÈME BUVEUR, *à Margot.* — Ça va, Margot?

MARGOT. — Pour sûr, et puis ça embêtera Jojo.

JOJO. — Moi! je m'en fous!

PREMIÈRE FILLE. — Tu parles!

JOJO. — Ferme! (*Aux autres.*) Alors, faudra se dessaler de bonne heure.

PREMIÈRE FILLE. — Si on se couchait pas aussi?

MARGOT. — C'est vrai! Si tu t'embêtes au lit, n'en dégoûte pas les autres.

(*Musique.*)

JOJO. — Si je m'y embête, ma fille, à qui la faute?

(*Sortent par la droite la première fille et deux buveurs.*)

MARGOT. — Oh! ne te vante pas! Je ne rapplique pas chaque fois que t'appelles.

JOJO. — C'est pas toujours toi que j'appelle. Non, mais tu te crois l'unique!

MARGOT. — Eh bien! et toi, chérubin?... (*Les musicanti attaquent une valse.*) Oh! mes enfants, la valse des troïkas! (*Elle se lève et se remet à faire quelques pas... Entrent par la droite Jacques Ménard et Rabastens.*) Oh! oh! des types chics! Mes enfants, de la tenue!

(*Elle ramène ses jupes et va s'asseoir. — Rabastens et Ménard descendent au premier plan.*)

SCÈNE II

LES MÊMES, plus RABASTENS, et MÉNARD.

RABASTENS. — Hein! je vous l'ai dit : un antre! nous troublons la fête!

MÉNARD. — Mais on étouffe!

RABASTENS. — Oui, sueurs et désirs mêlés. Toute cette ménagerie n'est pas précisément de haute cour!

MÉNARD. — Enfin, c'est Nice!

RABASTENS. — Vous l'avez dit, mon cher. Oranges, mimosas en branches et rastas en rut. On vit double ici! Le pays des poitrinaires. On veut épuiser la vie. (*Ils s'asseoient à une table, premier plan gauche.*) Garçon, deux sodas!

MÉNARD, *qui regarde autour de lui.* — Il me semble que j'ai déjà vu (*Désignant de l'œil Meryem*) une des femmes assises là-bas! Oui, cette face étroite et mate, ces joues mangées par des bandeaux ondés, ces paupières bistrées, lèvres rouges, yeux voraces, à la fois tzigane et mauresque, mais quelle dèche! Du reste, tenez, la voici qui vient vers nous.

RABASTENS. — Ne la reconnaissez pas tout de suite, ce serait la goule accrochée après la proie.

MÉNARD. — Oui, vous êtes prudent.

MERYEM, *elle s'est campée devant Jacques Ménard.* — Monsieur Jacques Ménard! (*Jacques Ménard ne bronche pas.*) Comment, tu ne me reconnais pas?... Non, c'est trop fort! J'ai donc tant changé? Dame! J'ai été malade, et puis j'ai eu des ennuis!

MÉNARD. — Je ne vois pas!...

MERYEM, *sans perdre la carte.* — Toi, tu ne bouges pas! T'en as une santé! Qu'est-ce que tu fais ici? Des femmes? Tu joues à Monte-Carlo? Tu gagnes? Moi, j'ai perdu ce que j'ai voulu...

MÉNARD, *ayant l'air de la reconnaître enfin.* — Meryem Isba!

MERYEM. — Ah! tu me reconnais! Tu y as mis le temps! Meryem Isba! la baronne Nydorf!

MÉNARD. — Dans l'atelier de Jacques Ymer?

MERYEM. — Parfaitement !

MÉNARD. — Asseyez-vous donc.

MERYEM. (*Elle s'asseoit à la table.*) — Figure-toi que j'ai lâché Jacques ! Des coups, des scènes de jalousie et pas de robes, tu penses, j'avais soupé de Monsieur.

MÉNARD. — Alors ?

MERYEM. — Alors, un Autrichien m'a emmenée à Spa, un Belge m'a conduite à Venise ; j'étais ici avec un Russe, il a été forcé d'aller à Paris... affaire d'argent ! oui ! Nous avons perdu la forte somme !

MÉNARD. — Naturellement !

MERYEM. — Alors nous avons quitté l'hôtel de Naples et je suis ici au London-House en l'attendant. Viens-tu ? (*Se reprenant et se retournant vers Rabastens.*) Venez-vous souper avec moi, ce soir ? (*A Jacques Ménard.*) Présente-moi Monsieur.

MÉNARD, *présentant son compagnon.* — Le docteur Rabastens !

MERYEM, *s'inclinant.* — Monsieur !

RABASTENS, *s'inclinant.* — Madame !

MERYEM, *vite repartie.* — Venez, on va s'amuser ; on en a besoin, hein ? (*Jacques Ménard et Rabastens font un geste vague.*) — J'attends demain un chèque de cinq mille de Nicolas, la lettre chargée... mais ce soir, je suis dans mes mauvaises ; il y a des jours comme cela ! Au London, j'ai l'œil, mais comme argent de poche ! Sois gentil, prête-moi cinq louis ! (*Puis vite au barman, le buste à demi-tourné vers le comptoir.*) Henri, deux paquets de khédive et une Saint-Marceaux quatre-vingt-treize !

MÉNARD, *au barman.* — Non ! un moment, garçon ! (*Puis tirant de sa poche un paquet de cigarettes et l'offrant à Meryem.*) Ne me prends donc pas pour un autre, du maryland et du soda, c'est tout ce que je puis t'offrir ; et puisque tu as des malheurs, je mets à ta disposition le demi-louis du voyageur. (*Il cherche dans son gilet.*) Il ne faudrait pas te payer ma poire sous prétexte que tu es du pays des oranges. (*Il lui donne un demi-louis.*) Tiens, voilà dix francs.

MERYEM. — Dix francs ! Tu n'es rien mufle ! Qu'est-ce que tu veux que je fasse de tes dix francs ?

MÉNARD. — Tu les laisseras au maître d'hôtel qui te servira à souper. Ne soupes-tu pas à London-House ? Nous, nous ne soupons plus. Bonsoir, Meryem !

MERYEM, *raflant la pièce d'or et les cigarettes.* Je t'aurais cru plus chic ! (*Elle se lève.*) Tu paies de mine, mais pas comptant.

MÉNARD. — Les temps sont durs !

MERYEM. — Tu ne sais pas ce que tu perds ! Je t'aurais fait souper avec une femme qui t'aurait intéressé.

MÉNARD. — Ah ! bah !

MERYEM. — Oui, mon cher, une tzigane épatante !

MÉNARD, *en souriant.* — Dans ton genre ?

MERYEM. — Non, une vraie, t'as beau sourire, une tzigane qui a été mêlée ici à une drôle d'histoire.

MÉNARD. — Naturellement !

MERYEM. — Rigole, mon cher ! une histoire sensationnelle, oui, parfaitement ! Si tu ne sais rien, toi, Monsieur (*en désignant Rabastens*) a dû entendre parler de l'assassinat à l'hôtel de Naples, il y a six mois, à Monte Carlo ? L'affaire Douratieff !

RABASTENS. — Douratieff, Mourline, oui, je me souviens.

MÉNARD. — Moi aussi, je me souviens. Eh bien ?

MERYEM. — Eh bien ! ma tzigane a connu Mourline, l'homme qui a fait le coup, elle a même été sa maîtresse, et elle t'en aurait donné des détails, et d'amusants et de typiques ! Ça t'aurait fait de la copie un peu neuve pour ton journal. T'en as besoin, mon cher !... Alors, tu ne veux pas ?

MÉNARD. — Mais non, mais non !

MERYEM. — Alors, bonsoir les mufles !

MÉNARD. — Bonsoir, Meryem !

RABASTENS. — Madame !

MERYEM. (*Elle passe près du comptoir, agace le troisième buveur, s'appuie, câline, à son torse.*) — Tu m'emmènes en auto demain, Gaston ? dis, mon bébé, en auto, ou bien sur ta chaloupe à vapeur ? Moi, je la gobe, ta belle automobile !

LE TROISIÈME BUVEUR. — Au large !

(*Le bar éclate de rire. — Meryem retourne à sa table, premier plan droit.*)

PREMIER BUVEUR, *criant.* — Alors, on fout le camp, les enfants ?

MARGOT. — Tu nous barbes ! fous le camp, si tu veux, moi je reste !

DEUXIÈME FILLE. — Elle a raison, on est très bien ici ! (*Au barman.*) Henri, envoyez des liqueurs !

MARGOT. — Pour ce qu'il fait au lit, ce Jojo !

(*Tous éclatent de rire.*)

JOJO. — Je voudrais bien vous y voir, vous autres !

MARGOT. — Espèce de crétin !

JOJO. — Eh bien, et toi ?

TOUS. — Fermez ! fermez !

MARGOT. — C'est vrai ! faut toujours qu'y renaude !

RABASTENS, *à Jacques Ménard.* — Mes compliments sur votre doigté, mon cher : vous avez l'art de traiter les femmes comme elles le méritent !

MÉNARD. — Vous dites ?

RABASTENS. — On vous demande du champagne et du khédive, vous offrez du soda et du maryland ! A une attaque de cinq louis, vous répondez par un demi-louis ! Vous méritez d'arriver par les femmes !

MÉNARD. — J'y songerai ; mais vous, docteur, vous n'aviez jamais entendu parler de cette Meryem ?

RABASTENS. — Comment, mon cher, je ne connais qu'elle, mais elle a négligé ce soir de me reconnaître ! Oh ! je ne lui en veux pas !

MÉNARD. — Vous savez d'autres détails que ceux qu'elle nous a racontés tout à l'heure ?

RABASTENS. — Pour le moment, je sais qu'elle est consignée à la porte des salons de jeu. La Principauté lui est même, je crois, interdite.

MÉNARD. — Non !

RABASTENS. — Oui, elle y raflait trop les jetons attardés, ce qu'on appelle ici : étrangler les orphelins.

MÉNARD. — Mais comment vit-elle ?

RABASTENS. — Elle continue ! Brûlée à Monte-Carlo, comme elle doit être brûlée à Paris, elle fait les bars et les gares, Nice et Menton, Toulon et la Spezzia, Marseille et Gênes. Je l'ai soignée l'autre hiver pour un point pleurétique ; elle a négligé de me régler mes visites. Elle est née à Alger, et s'en ira fatalement de la poitrine ; car mange-t-elle seulement tous les jours ?

MÉNARD. — Bah ! Si elle soupe toutes les nuits !

RABASTENS. — Vous, vous avez le remords de vos dix francs. Vous avez été un peu pingre !

MÉNARD. — Bah ! Je donnerai dix autres francs à un pauvre, et j'endormirai ma conscience.

RABASTENS. — Vous êtes pratique. Encore un soda ?

MÉNARD. — Volontiers.

RABASTENS, *au garçon qui passe près de lui.* — Garçon, des sodas !

MARGOT, *se levant.* — Zut ! Je danse encore !

PREMIER BUVEUR. — Tu devrais te mettre en roulotte, ma fille. Tu as des goûts de saltimbanque.

MARGOT. — Et toi en roulure, Jojo!

DEUXIÈME BUVEUR. — Allons, v'là que ça recommence!

DEUXIÈME FILLE. — Oui, assez, assez!

DEUXIÈME BUVEUR, *à Margot.* — Danse, ma fille, puisque ça te plaît.

MARGOT, *elle chante et elle danse, puis :* — Ah! flûte! j'en ai assez! (*Elle vient se rasseoir.*) Ce que j'ai soif! (*Elle trinque avec tous.*) A la virilité de Jojo! Pauvre vieux, il en a besoin!

JOJO. — Ta bouche!

MARGOT, *l'embrassant.* — Ferme! Ferme!

(*Entrent, par la droite,* MIRKA CIRBEY ET TERKO.)

(*Rumeur dans le bar.*)

(*Rabastens regarde curieusement l'entrée de Mirka Cirbey et de Terko qui rejoignent tout de suite Meryem.*)

SCÈNE III

LES MÊMES, plus MIRKA et TERKO.

DEUXIÈME FILLE, *à l'entrée de Mirka.* — Oh! là! là! Ce chiqué!

PREMIER BUVEUR. — Elle en a du linge!

MARGOT. — Oh! là là!

RABASTENS, *à Ménard.* — Tenez, voici la Mirka Cirbey, l'ancienne maîtresse de Douratieff et de Boris Mourline, dont vous parlait tout à l'heure Meryem. L'homme qui l'accompagne, c'est Terko, l'ancien liseur de pensées, aujourd'hui cassé aux gages, de Douratieff. Ce Terko a été plus que soupçonné dans l'affaire. Toutefois, il en est sorti indemne.

MÉNARD. — Et Mourline?

RABASTENS. — Boris Mourline? Oh! pour celui-là rien ne s'est arrangé. Douratieff ayant exigé violemment son arrestation, il fut cueilli à Lyon où il s'était réfugié, et emprisonné. Quelques jours plus tard, il recevait la visite de son frère et s'empoisonnait. Nicolas Mourline avait apporté à Boris le poison qui libère de tout.

MIRKA, *à Meryem.* — Alors?...

MERYEM. — Rien à faire, une dèche! J'ai juste raflé dix francs. Une jolie collection de mufles! Il faut que tu nous sortes de là, Mirka! Il faut, à tout prix, que tu revoies Douratieff! Ah! Si tu pouvais le reprendre!

MIRKA. — Tu en parles à ton aise, toi! Tu sais bien que j'ai déjà plusieurs fois essayé. Mais depuis l'agression de Boris, il est comme fou, il va, il vient, ne sachant où s'arrêter, ne se calmant que lorsqu'il est assis devant la table de jeu. Lui qui ne fréquentait jamais les bars, il vient souvent ici maintenant, comme s'il cherchait à oublier... Il est là dans le salon voisin.

MERYEM. — Raison de plus, ma chérie, c'est qu'alors il pense toujours à toi.

TERKO. — Meryem a raison, ma chère Mirka! Songez combien il nous est difficile actuellement de vivre. Ce Douratieff perdu, c'est un désastre!

MIRKA. — A qui le dites-vous?

MERYEM. — Alors, n'hésite pas!

TERKO. — Écoutez Meryem, ma chère Mirka!

MIRKA. — Eh bien, soit! Éloignez-vous tous les deux! laissez-moi. Je vais encore tenter la chance!

MERYEM. — Venez, Terko.

(*Terko et Meryem se lèvent.*)

TERKO. — Au revoir, Mirka!

MERYEM, *à Mirka.* — Chauffe-le!

(*Ils sortent.*)

SCÈNE IV

LES MÊMES, moins MERYEM et TERKO, puis le GÉNÉRAL DOURATIEFF.

RABASTENS, *à Ménard.* — Voilà Meryem retournée au trottoir! Pauvre fille! (*Entre, par la gauche, le général Douratieff.*) Tenez, Ménard, vous me demandiez tout à l'heure de vous faire voir le général Douratieff. Le voici justement qui entre! Hein! quelle tête de vieux forban! C'est un des scandales de la Riviera! Une énorme fortune, et il gagne tout ce qu'il veut. Voilà Mirka qui le happe au passage.

MIRKA. — Bonsoir, général!

LE GÉNÉRAL. — Ah! c'est vous, Mirka? Que me voulez-vous?

MIRKA. — Vous parler. On dirait que vous m'évitez!

LE GÉNÉRAL. — Oh! Je ne vous évite pas, Mirka; mais tout le monde sait bien que vous n'êtes plus ma maîtresse!

MIRKA. — Ce n'est pas ma faute, général.

LE GÉNÉRAL. — Ah! Mirka, après votre...

MIRKA. — Trahison?

LE GÉNÉRAL. — Oui, malgré tout ce que vous avez pu me dire, je suis sûr, j'ai eu des preuves certaines.

MIRKA. — Des apparences, général! Seulement des apparences... Mais si, mais si! car enfin, si j'avais été la maîtresse de Boris, on m'aurait inquiétée au moment de son arrestation... Mais rien, rien! Pouvais-je empêcher Boris de m'écrire? Vos preuves! des racontars de domestiques, peut-être! Oh! vraiment, général!

DOURATIEFF. — Non, je vous le répète, j'ai eu des preuves! Du reste, vous n'avez pas été longtemps sans m'oublier. Je suis, je le vois, avantageusement remplacé. Vos toilettes!..

MIRKA. — Mes toilettes! Mais c'est vous, général, qui m'avez habituée à ce luxe. Ne me le reprochez pas!

DOURATIEFF. — Aussi vous fais-je une rente annuelle de vingt mille francs!

MIRKA. — Une misère, une goutte d'eau pour un homme qui a votre fortune!.. Écoutez, général, asseyez-vous et causons... donnez-moi votre main, croyez-moi, rappelez-vous...

DOURATIEFF. — Je me rappelle, Mirka!

MIRKA. — Regardez-moi!

DOURATIEFF, *sans la regarder.* — Vos yeux d'enfant, votre charme, la jolie fleur de serre que vous étiez! Parfois même je suis pris de pitié pour vous. J'ai beaucoup de chagrin, Mirka, à vivre loin de vous!

MIRKA. — C'est vrai?

DOURATIEFF. — Mais il y a... oui, il y a une chose que je ne peux pas, oui, qu'en ce moment même, je ne peux pas oublier!

MIRKA. — Laquelle, général?

LE GÉNÉRAL. — C'est que vous avez été la maîtresse de Boris!

MIRKA. — Encore!

LE GÉNÉRAL. — Non, non, ne me démentez pas! Et quand je vous regarde, j'ai beau chérir toujours vos yeux, votre joli visage, la caresse de vos cheveux, c'est cet autre, ce Boris, oui, Boris, que je revois en vous! Votre façon de sourire en retroussant les lèvres, c'était son rictus à lui, vos mains nerveuses et souples, c'étaient ses mains, ses horribles mains d'étrangleur... Ah! c'est cela, Mirka, qui fait ma peine, ma grosse peine, de ne plus vous regarder sans pouvoir m'empêcher de songer à l'autre, à l'autre qui a presque tué pour vous. Ah! l'odieux souvenir!

Mirka. — Mais vous m'avez aimée, général, chassez-le ce souvenir, chassez-le!

Le général. — Et plus je vous parle, Mirka, plus l'affreux cauchemar prend corps... Oh! c'est atroce, pardonnez-moi, Mirka! (*Il se lève.*) Je ne peux pas!

Mirka. — Alors c'est non, aucun pardon!

Le général. — Je ne peux pas, je ne peux pas!

Mirka. — Soit! au revoir, général!

Le général. — Au revoir, Mirka!

(*Il sort éperdu, par la droite.*)

SCÈNE V

LES MÊMES, moins le GÉNÉRAL DOURATIEFF, puis MERYEM et TERKO.

Rabastens, *à Ménard.* — Vous avez vu l'attaque?

Ménard. — Comment?

Rabastens. — Oui, Mirka a essayé de reprendre le galion, mais l'abordage n'a pas réussi, la confiance n'y est plus.

Ménard. — Dame! Il se méfie!

Rabastens. — Le cadavre récalcitrant!

(*Entrent par la droite Meryem et Terko.*)

Meryem, *vite à Mirka.* — Eh bien?

Mirka. — Raté encore une fois! Je le savais bien! Il voit Boris partout, et dès que je lui parle, il devient livide, une angoisse le prend. Il n'y a rien à faire!

Meryem. — Mais pas encore! Ce que tu viens de me dire m'éclaire! Mais oui! Mais oui! Tu sais, cet homme dont je t'ai parlé hier, cet homme qui ressemble si étrangement à Boris, il faut, je ne sais pas encore par quel moyen, le confronter avec le général. Sûr que ça l'affolera alors, et qu'on pourra faire un coup! Et le coup fait, qu'est-ce qu'on risque? Rien! rien! puisque tout le monde sait que Boris s'est tué, si Douratieff dit qu'il a vu Boris, on lui répondra qu'il est fou! Oui, oui! Il faut lui servir ce faux Boris!

Mirka. — Vous rêvez!

Meryem. — Voyons, oui ou non, veux-tu sortir de tes ennuis d'argent? Ton crédit s'épuise! Cela doit t'énerver, ta gêne actuelle? Il faut en finir!

Mirka. — A qui le dis-tu? Ah! oui, je veux de l'argent, j'en ai besoin plus que jamais, entendez-vous! Cela m'exaspère d'être toujours à la côte, sous ce ciel qui sue l'or et dans ce flamboiement de lumières! De l'argent, oui, je veux beaucoup d'argent! Cela achève de me déséquilibrer tous ces fous et toutes ces folles qu'on rencontre ici! Ce froissement de billets de banque, ce tintement d'or, ces millions remués, oui, tout cela me grise, et puis cette atmosphère de lucre, de sève et de grand air, tous ces œillets, ces orangers en fleurs! J'ai pris avec ce Douratieff des besoins de luxe dont je ne peux plus me passer. Avant l'histoire de Mourline, je dépensais trois cent mille francs par an, et maintenant Douratieff me fait une rente annuelle de vingt mille francs! Nous en sommes aux expédients!

Meryem. — Eh bien, il faut que l'argent nous vienne encore de Douratieff, vous entendez!

Mirka. — Comment?

Meryem. — Par l'homme en question, le faux Boris!

Terko. — Parfaitement!

Mirka. — Vous êtes fous tous les deux! Douratieff se surveille trop depuis l'agression de Boris Mourline. Préparez ce que vous voudrez, cela ne réussira pas!

Meryem. — Laisse-moi faire, je chercherai! Je trouverai bien le moyen de faire cracher Douratieff, et il crachera la forte somme, grâce à cette étrange ressemblance que le hasard a jetée sur mon chemin... Il faut que vous m'aidiez tous les deux!

Mirka. — Des rêves! des rêves!

Meryem. — Mais nous serions fous d'avoir un si bel atout dans nos mains et de ne pas nous en servir!

Mirka. — Mais ce que tu dis ne tient pas debout! Est-ce qu'on peut ressembler à Boris? Est-ce qu'on peut refaire cette tête de belle brute, cette tête sauvage aux yeux aigus, si doucement cruels?

Meryem. — Je te jure, ma chérie, que c'est un autre Boris! Ça te donnera un coup à toi! La première fois, j'ai cru crier! N'est-ce pas, Terko, c'est Boris Mourline lui-même?

Terko. — Lui-même!

Meryem. — Croyez-moi, mes enfants, il y a un coup à faire!

Mirka. — Parle-t-il seulement russe?

Meryem. — Non, c'est un bulgare, il ne peut être pour nous qu'un mannequin!

Mirka. — Et vous croyez que cette homme va se prêter à vos projets! Il faut chercher autre chose.

Meryem. — Mais si! je suis sûre, moi, qu'il marchera! Tu verras! Je lui ai donné rendez-vous ici tout à l'heure.

Mirka. — Où l'as-tu donc ramassé?

Meryem. — Au Kursaal! C'est un crève-la-faim! Son engagement est expiré depuis huit jours, et il a fait four!

Mirka. — Qu'est-ce que c'est?

Meryem. — Un avaleur de sabres! une vraie purée! Si tu avais vu ses costumes!

Mirka. — Mais il faudrait l'habiller alors! Une chance en tous cas, cette dèche!... Boris s'habillait avec une élégance un peu barbare, tu te rappelles, Meryem?

Meryem. — Oui! Il va falloir aussi une avance pour les frais d'hôtel! Il faut qu'il descende au moins à l'Ermitage. L'hôtel de Naples, ce serait un peu scabreux.

Mirka. — Eh bien, c'est décidé, Terko t'apportera ce soir mille francs pour les premiers frais, et je vous jure que si cette ressemblance est aussi terrifiante que vous le dites, mon appétit d'argent me donnera, à moi aussi, des idées! Nous trouverons bien le moyen de nous servir de ce faux Boris; et je ne peux pas oublier surtout que Douratieff a été la cause de la mort de Boris Mourline! Que Boris ait voulu ou non l'assassiner, peu m'importe! Je l'aimais, moi, Boris! je l'aimais, — pardonnez-moi, Terko! — je l'aimais comme jamais je n'avais aimé, comme je n'aimerai jamais! J'ai la haine de cet avare de Douratieff! Merci tous deux, vous m'avez bien travaillée!... Toucher la grosse somme et me venger de Douratieff, en voilà plus qu'il ne faut pour me donner du cœur! Vite, vite, Meryem, va me chercher cet homme! J'ai hâte de le voir! Pourvu, pourvu qu'il ressemble à Boris!

Meryem. — Jusqu'à l'aimer!

Mirka. — Tais-toi! A quelle heure lui as-tu donné rendez-vous?

Meryem. — A dix heures! Il devrait être là Il est si bête, il a dû se tromper de café.

Mirka. — Si tu allais voir dehors?

Meryem. — Oui, il est si gourde qu'il est capable

d'attendre dans le jardin, ou sous les arcades. Je vais voir.

MIRKA. — A tout à l'heure. Reviens vite.

(Sort Meryem par la droite.)

SCÈNE VI

LES MÊMES, moins MERYEM.

MÉNARD. — Mais elle ne quitte pas le trottoir!

RABASTENS. — Elle ne réussit pas souvent. Le voisinage de Monte-Carlo se fait sentir. Le jeu, le jeu seul compte ici, à peine des désirs très vite satisfaits; encore, beaucoup s'en affranchissent.

MÉNARD. — Les premières économies!

RABASTENS. — La femme ici encombre... Rabatteuse, mais pas maîtresse... On n'a pas le loisir de faire la fête... Jouer prend du temps.

MÉNARD. — Et abrutit!

RABASTENS. — Oui, on ne pense plus à la bagatelle, on n'a pas trop de ses nuits pour réparer ses forces. On s'use assez à jouer et à boire.

TERKO. — Garçon! des cigarettes et du whisky!

PREMIER BUVEUR. — Margot gueulera si elle veut, je fous le camp!

MARGOT. — A ton aise!

DEUXIÈME BUVEUR. — Encore une minute, Jojo, et on décampe! Tiens, pige cette tarentelle!

(Musique jusqu'à la fin de l'acte.)

(Meryem revient, par la droite, accompagnée d'un garçon roux, trapu, de mine sournoise. Il est en pelisse de fausse loutre et il a l'air misérable et râpé. Quand ils entrent, Mirka se lève, comme hypnotisée, avec une épouvante dans les yeux. Elle ne peut pas quitter l'inconnu du regard.)

SCÈNE VII

LES MÊMES, plus MERYEM et le FAUX MOURLINE.

MIRKA. — Oh!... Boris!

TERKO, *la prenant par le bras.* — Assieds-toi!

MERYEM, *présentant l'inconnu à ses amis.* — M. Bojidar Alexandrof!

(L'inconnu salue gauchement. Terko le bouscule et le force à s'asseoir.)

RABASTENS, *à son tour, a aperçu l'inconnu. Il reste les yeux ronds et la bouche ouverte.* — Oh! C'est effrayant!

MÉNARD. — Eh bien! qu'avez-vous?

RABASTENS. — Oui, c'est effrayant! C'est impossible!

MÉNARD. — Quoi?

RABASTENS. — C'est lui! C'est lui!

MÉNARD. — Qui, lui?

RABASTENS. — Là, cet homme qui vient d'entrer avec Meryem!

MÉNARD. — Et bien?

RABASTENS. — C'est Mourline, Boris Mourline, l'assassin du général Douratieff!

MÉNARD. — Non!

RABASTENS. — Si! si!

MÉNARD. — Mais ce n'est pas possible! Vous m'avez dit qu'il s'était suicidé dans sa prison de Lyon?

RABASTENS. — Je le croyais, on le croyait du moins!

MÉNARD. — Oh!

(La musique repart de plus belle, et très joyeusement, pendant tout le baisser du rideau.)

Rideau.

ACTE III

Un coin des jardins de Monte-Carlo, fleurs rares, palmiers, eucalyptus et mimosas, le matin vers onze heures. Végétation exubérante. Il fait un plein soleil. A l'horizon, Roquebrune, le cap Martin, la pointe de l'Italie.

Des promeneurs très élégants, et des promeneuses s'abritant sous leurs ombrelles; les uns, allant et venant; les autres, assis sur des chaises et sur des bancs. On entend de la musique en sourdine.

Rabastens et Jacques Ménard sont en scène au lever du rideau.

PREMIER TABLEAU

SCÈNE PREMIÈRE

RABASTENS, MÉNARD.

RABASTENS. — Et ce paysage admirable, et ce ciel! Si vous croyez qu'un joueur les regarde! Pour ces hallucinés, tout est rouge et noir: ce sont les convulsionnaires de Sainte Roulette! Vous les avez vus, à la salle de jeu, manger des crayons entiers en notant les coups! Ces agitations perpétuelles, ces allées et venues, ces entrées et ces sorties, ces jardins ressemblant aux abords d'une gare! Mais tous les pays viennent débarquer ici, dans cette Mecque de l'or, et tâcher de fléchir la Sainte! Sainte Roulette a même des adorateurs qui n'abandonnent jamais le Temple!

MÉNARD. — Non?

RABASTENS. — Comme je vous le dis! Il y en a qui ne quittent pas Monte-Carlo et demeurent toute l'année à l'hôtel pour être plus près de la salle de jeu! Douratieff par exemple! et puis tant d'autres! Ah! la Russie donne! Il y a surtout un type déroutant que vous verrez forcément, la curiosité de la Principauté, la princesse Alexianeff!

MÉNARD. — Une Russe aussi?

RABASTENS. — Naturellement.

MÉNARD. — Jolie?

RABASTENS. — Non pas! Une vieille folle sans sexe et sans âge, un fantoche échappé d'un conte d'Hoffmann, mais tout ce qu'il y a de plus authentique comme princesse!

MÉNARD. — Vraiment?

RABASTENS. — Alliée aux Czarzoski, un ancêtre a été amant de la Grande Catherine; une terrible joueuse enracinée par son vice à ce rocher, a déjà mangé deux patrimoines; a quitté la Russie, sa famille et les siens, pour vivre toute l'année à l'hôtel de Naples; n'a jamais regardé ce pays, ignore le parfum et la nuance des fleurs, ne rêve et ne respire que pour les douzaines, l'impair et passe, et vit dix heures de la journée dans l'affadissement des salles... Venez-vous, Ménard?

(Ils sortent en causant.)

SCÈNE II

MIRKA, UN ALLEMAND.

(Mirka Cirbey, très élégante, une ombrelle de soie peinte à la main, se promène en flirtant avec un Allemand.)

MIRKA. — Mais je ne dîne pas comme cela, cher monsieur! Faites-vous au moins présenter.

UN ALLEMAND. — Pas même une promenade en voiture?.. Je vous rencontre souvent à la Réserve de Beaulieu, et pas toujours avec les mêmes.

MIRKA. — Des goûts et des couleurs!... C'est que ceux-là me plaisent.

UN ALLEMAND. — Et moi, je ne vous plais pas?

MIRKA. — Pas encore. Puis ce sont des Russes, nous nous voyons beaucoup entre compatriotes... Et vous, vous êtes Allemand.

UN ALLEMAND. — Oh! si peu!... Bavarois de Munich.

MIRKA. — L'alliance n'est pas encore faite... permettez-moi de vous quitter... J'aperçois une amie...

UN ALLEMAND. — Alors pas même un déjeuner ce matin? Vous ne voulez pas, pour le plaisir de vous voir manger... Vous avez de si jolies dents!...

MIRKA. — Vous trouvez? Ce sont de terribles rongeuses, je vous en préviens... Eh bien, soit! mais j'amènerai une amie. Je n'accepte pas le tête-à-tête.

UN ALLEMAND. — C'est dit, je suis trop heureux, madame... Et nous déjeunons?

MIRKA. — Chez Ciro's. On ne déjeune bien que là.

UN ALLEMAND. — Midi et demi?

MIRKA. — Midi et demi, pas avant! tous les matins, je marche jusqu'à la Condamine... Monsieur!

UN ALLEMAND. — Madame, je vais retenir la table.

(Il sort.)

SCÈNE III

MIRKA, MERYEM, puis TERKO.

(Meryem fait les cent pas dans le fond du théâtre attendant Mirka.)

(L'Allemand parti, les deux femmes se dirigent vivement l'une vers l'autre.)

MERYEM. — Ce qu'il collait!

MIRKA. — C'est mon Allemand! Mousseux comme un bock, mais si avare. Tu penses si j'ai du temps à perdre avec lui.

MERYEM. — Comme tu es jolie! Quelle robe épatante!

MIRKA. — Et mes dessous donc! C'est tout à l'heure que j'amorce le général.

MERYEM. — Tu espères donc le reprendre?

MIRKA. — Non! après les deux ou trois tentatives que j'ai faites inutilement, c'est bien fini! mais je veux lui donner confiance, lui parler gentiment, pour qu'il ne s'effraye que peu à peu. Je ne veux que lui jouer la comédie de la séduction!... Où est Terko?

MERYEM. — Là! il attend que je lui fasse un signe.

MIRKA. — Le Bulgare est avec lui?

MERYEM. — Non.

MIRKA. — Écoute... figure-toi qu'hier devant cette ressemblance affolante, j'ai eu comme un vertige... tout mon sang est afflué au cœur!

MERYEM. — J'ai bien vu!

MIRKA. — Malgré Terko, j'ai eu la pensée de revivre une des inoubliables nuits d'il y a un an! Et puis, devant cette lamentable brute, cette épave de music-hall, une nausée m'a prise! J'ai eu le dégoût de moi-même! C'est bien un mannequin, rien qu'un mannequin!... Appelle Terko!

MERYEM. — Terko!

(*Entre Terko.*)

TERKO. — Je viens de voir entrer le général dans la salle de jeu.

MIRKA. — Eh bien, écoutez, j'ai trouvé! C'est par la surprise, par la peur que nous pouvons tenir le général. Je vais guetter sa sortie de la salle de jeu. Sous un prétexte quelconque, je l'aborderai et je lui dirai... d'ailleurs j'ai mon plan!... (*A Meryem*) As-tu porté à son hôtel la lettre que je t'ai remise ce matin?

MERYEM. — Non, tu m'avais dit d'attendre qu'il eût quitté l'hôtel!

MIRKA. — En effet! c'est le moment, vas-y, Meryem, ou plutôt de la prudence, fais remettre cette lettre par un chasseur, celui de l'Ermitage... C'est là qu'est descendu le faux Boris.

TERKO. — Oui, et la chambre à l'Ermitage, c'est un louis par jour; il ne faut pas traîner la chose en longueur!

MIRKA. — En effet, laissez-moi y songer! Il faudrait pénétrer ce soir dans la chambre de Douratieff, lui présenter le faux Boris et nous faire signer un chèque de trois cent mille francs!

TERKO. — Parfait!

MERYEM. — Bravo!

TERKO. — Je vais préparer le Mourline et penser au moyen de pénétrer chez Douratieff.

MIRKA. — Le chèque payable à Vienne! Surtout, Terko, de la prudence! Vous l'exhibez beaucoup trop, votre Boris. Deux apparitions au salon de jeu, l'une à quatre heures et l'autre à dix, avant de frapper le grand coup, cela suffira!

TERKO. — Entendu!

MIRKA. — Tenez, voici Douratieff qui sort de la salle de jeu! Éloignons-nous, je l'aborderai aussitôt qu'il sera seul.

SCÈNE IV

DOURATIEFF et STERNOS.

(*Entrent par la gauche le général Douratieff et le comte Sternos.*)

(*Douratieff en costume de piqué blanc, chapeau canotier. — Le comte, en jaquette noire, pantalon gris, grand feutre gris. Très élégants tous deux, œillets à la boutonnière.*)

STERNOS. — Et vous reperdez dix mille?

DOURATIEFF. — Non, douze. Mais j'en gagnais soixante-quinze, c'est encore une jolie matinée.

STERNOS. — Vous préférez jouer le matin, n'est-ce pas?

DOURATIEFF. — Oui, j'ai les idées plus nettes, et puis les salles ne sentent pas encore la fièvre du jeu... A partir de quatre heures, on ne sait plus ce que l'on fait autour de ces tables.

STERNOS. — Je ne sais pas comment la Principauté vous supporte, vous êtes le plus heureux joueur de la Riviera!

DOURATIEFF. — Elle me supporte comme exemple: ma chance excite et pousse les joueurs!

STERNOS. — Ah! vous devez avoir quelque martingale sûre, quelque bonne combinaison!

DOURATIEFF. — Non. Toutes les martingales claquent, toutes les combinaisons, mon cher comte, avortent. N'écoutez pas les joueurs qui vous en content, mon cher Sternos!

STERNOS. — Il y a des observations à faire pourtant... Je crois tout de même à un hasard... mathématique, si l'on note les coups!

DOURATIEFF. — Ah! oui, les notateurs à carnet à un louis par jour, qui pointent tous les coups!... je ne crois pas à tant de calculs, mais je crois au sang-froid, à la chance de quiconque se possède... Ainsi moi, vous le savez bien, je ne joue jamais plus d'une heure. Après quoi, je ne vois plus rien.

STERNOS. — Et à ce régime, vous gagnez bon an, mal an?

DOURATIEFF. — De trois à quatre mille francs par jour; mais je ne quitte jamais Monte-Carlo, vous me l'avez assez reproché. Je suis un forçat du jeu, moi

STERNOS. — C'est un bagne qui rapporte!

DOURATIEFF. — Oui, mais quelle sujétion! Ainsi, je vais rentrer à l'hôtel, me coucher, et à midi et demi, je ne déjeunerai que de deux œufs et d'une viande grillée... Et c'est ainsi tous les jours!

STERNOS. — Aussi quelle mine!

DOURATIEFF. — Mais j'ai renoncé à la table et aux femmes.

STERNOS. — Hé! Ce n'est pas ce qu'on dit!

DOURATIEFF. — On se trompe alors.

(*Apparaît la princesse Alexianeff, mise de vieille coquette.*)

STERNOS. — Bon!... La princesse Alexianeff, cette vieille toquée! Nous n'y coupons pas!

SCÈNE V

LES MÊMES, LA PRINCESSE ALEXIANEFF.

LA PRINCESSE. — Bonjour, général! Bonjour, comte! (*A Douratieff*). Vous sortez déjà de la salle de jeu? Combien avez-vous gagné?

DOURATIEFF. — J'ai perdu.

LA PRINCESSE, *joyeusement*. — Non, pas possible?

DOURATIEFF. — Douze mille francs!

STERNOS. — Mais il en gagne soixante-trois mille.

LA PRINCESSE. — En une heure?

DOURATIEFF. — Le monde appartient à ceux qui se lèvent matin, princesse.

LA PRINCESSE. — Mais comment faites-vous? Donnez-moi votre secret? J'ai encore perdu vingt-cinq mille francs hier.

DOURATIEFF. — Je vous l'ai dit : levez-vous matin.

LA PRINCESSE. — Je ne peux pas, je me couche tous les soirs à minuit, et, rentrée chez moi, je combine encore des coups avec ma roulette.

DOURATIEFF. — Votre roulette de chambre, je la maudis! M'empêchez-vous de dormir!

LA PRINCESSE. — Non!

DOURATIEFF. — Si! mais c'est ma faute, c'est moi qui, cédant enfin à vos conseils, suis allé habiter tout à côté de vous, à l'hôtel de Naples. Oh! en tout bien tout honneur!

LA PRINCESSE. — On nous appelle la petite Russie. Nous sommes là toute une brochette de sterlets au caviar.

DOURATIEFF. — Ah! vous avez là une jolie hygiène, princesse! Ce sont vos héritiers qui vous l'ont ordonnée?

Et dire que vous allez jouer avec ces yeux gros de sommeil!

La princesse. — Oh! ce matin, j'ai une combinaison infaillible, je l'ai essayée trois fois chez moi.

Douratieff. — Allez donc user votre chance.

La princesse. — Je vous emmène, Sternos, vous me porterez bonheur! (*à part, à Douratieff*) Ce pauvre comte a été l'homme le plus cocufié de Russie... Si je ne gagne pas avec lui!

(*La princesse sort par la gauche, emmenant le comte Sternos.*)

(*Depuis un moment, Mirka Cirbey a reparu dans le fond de la scène. Elle épie et surveille le groupe, en causant avec Méryem.*)

SCÈNE VI

MIRKA, DOURATIEFF.

(*Mirka aborde le général.*)

Mirka. — Vous avez gagné ce matin, général?

Douratieff. — Oui, vous savez déjà?

Mirka. — Je devine, la chance ne vous trahit pas, vous!

Douratieff. — Je ne suis plus aimé, c'est tout naturel... Bonjour, Mirka!

Mirka. — On ne passe pas, général!... On ne passe pas!... allons, ne faites pas ces yeux terribles!... Je vous fais peur? Les femmes vous font peur?...

Douratieff, *bas.* — Maintenant! (*haut*) Que me voulez-vous, Mirka?

Mirka. — J'ai à vous parler.

Douratieff. — Faites vite.

Mirka. — Oh! Rassurez-vous, je ne veux pas vous jouer une scène de séduction!... J'ai essayé de vous reprendre, cela n'a pas réussi, tant pis!... Si je vous retiens, c'est que j'ai une chose importante à vous dire... Mais, je vous en supplie, quittez cet air méchant! Pourquoi gâter tous nos jolis souvenirs par des scènes pénibles? Restons bons amis. Je vous redonnerai confiance.

Douratieff. — Pas avec ces yeux-là! Allons au fait, qu'avez-vous à me demander?

Mirka. — Vingt-cinq mille francs dont j'ai besoin avant ce soir!

Douratieff. — Écoutez, Mirka, vous êtes une femme charmante, mais vous abusez! Vous oubliez que j'ai bien voulu vous constituer une rente viagère, alors que rien ne m'y forçait.

Mirka. — Cela n'est rien pour vous!

Douratieff. — Qu'importe! N'avez-vous pas accepté cette rente? N'est-ce pas la somme stipulée?

Mirka. — En effet.

Douratieff. — Eh bien, que réclamez-vous de plus?

Mirka. — Vingt-cinq mille francs dont j'ai besoin avant ce soir!

Douratieff. — Pour Terko!

Mirka. — Que vous importe!

Douratieff. — Il m'importe beaucoup! Ce Terko est votre amant, une canaille! Vous auriez pu mieux choisir, Mirka!

Mirka. — Pourtant vous l'avez gardé assez longtemps à votre service! Vous avez la mémoire courte, général!

Douratieff. — Et vous les dents longues, Mirka.

Mirka. — Alors, c'est non?

Douratieff. — C'est non, et je le regrette!

Mirka. — Soit, c'est vous qui y perdez.

Douratieff. — Que voulez-vous dire?

Mirka. — Rien! Un bon averti en vaut deux; et je vous aurais donné un conseil.

Douratieff. — Vous ne les donnez pas pour rien!

Mirka. — Je les donne pour ce qu'ils valent... (*Elle tire une cigarette d'un étui.*) J'ai reçu une lettre de Moscou!

Douratieff. — Ah!

Mirka. — Intéressante, très intéressante pour nous, pour vous surtout... on y parle de Mourline!

Douratieff. — Mourline?

Mirka. — Quelqu'un l'a vu le mois dernier.

Douratieff. — Mourline? Nicolas, vous voulez dire!

Mirka. — Non, Boris!

Douratieff. — Vous êtes folle! Vous savez bien que Boris s'est tué!

Mirka. — On le croyait.

Douratieff. — Vous dites?

Mirka. — Du feu, général? (*Elle allume une lettre à l'allumette que lui présente le général.*) Et l'on disait que si Boris revenait à Monte-Carlo, c'était uniquement pour vous y rencontrer!

Douratieff. — Et cette lettre?

Mirka. — Cette lettre donnait des détails. C'était cette lettre que je voulais vous vendre vingt-cinq mille francs... Vous avez refusé, elle est en cendres... Vous voyez quelle femme d'argent je suis!

Douratieff. — Mirka!

Mirka. — Trop tard!

Douratieff, *voulant se ressaisir.* — C'est une sinistre plaisanterie!

Mirka. — Peut-être!

Douratieff, *de plus en plus troublé.* — Et la lettre venait de Moscou?

Mirka. — Oui, elle était datée de Moscou. On disait que Boris y avait été aperçu, il y a huit jours, qu'il serait quelques jours plus tard à Venise et aujourd'hui...

Douratieff. — A Monte-Carlo!... Je m'y attendais. Il est un peu gros le jeu que vous jouez, Mirka!... Terko a la main moins lourde; vous auriez dû lui demander quelques conseils! Adieu, Mirka!

Mirka. — Général? (*Il se détourne.*) J'ai cédé à un mouvement de méchante humeur tout à l'heure en faisant brûler cette lettre, parce que vous me refusiez le service que je vous demandais... Je ne peux pas oublier que je fus votre amie!... Méfiez-vous, général!

(*Le général se retire par la droite. Mirka reste seule, Meryem va vivement vers elle.*)

SCÈNE VII

MERYEM, MIRKA.

Meryem. — Eh bien, il a rendu?

Mirka. — Oui, il est troublé! le coup de la lettre de Moscou a réussi!

Meryem. — Très bien. J'ai fait porter la lettre anonyme à l'hôtel de Douratieff.

Mirka. — Elle fera son effet! Je viens de préparer le général... Mais Terko a-t-il trouvé le moyen de pénétrer chez Douratieff?

Meryem. — Presque! Il a pris des renseignements à l'hôtel. La chambre contiguë à celle du général est occupée par la princesse Alexianeff.

Mirka. — Non?

Meryem. — Si! sur le même palier, dans le même couloir, les deux chambres communiquent.

MIRKA. — Admirable !... Il faut alors que la princesse nous invite ce soir à prendre le thé chez elle. Spiritisme et samovar ! Mais oui, c'est une joueuse hallucinée de gain, qui vendrait son âme pour une martingale ! De plus, elle est amoureuse comme une chèvre et roule des yeux pâmés à Terko ! Excite-la sur lui ! Dis-lui qu'il a des moyens infaillibles de gagner à la roulette, qu'il a des martingales éprouvées, qu'il est spirite ! Sainte Roulette ! Sainte Roulette ! Moi, il m'est impossible de rien faire ! elle me connaît trop ! Toute démarche serait suspecte ! mais toi, c'est autre chose. Ecoute, Meryem, il faut à tout prix que, grâce à toi, nous soyons ce soir les invités de l'Alexianeff. Une fois chez elle, entrer, de là, chez Douratieff, est un jeu d'enfant.

MERYEM. — Oui, mais que ferez-vous de la princesse ?

MIRKA. — Je ne sais pas ; Terko, au dernier moment, trouvera bien le moyen de nous débarrasser d'elle.... Justement la voici !.. Va, Meryem, tu sais ce que tu as à faire, joue serré.... Moi, je vais rejoindre Terko !

MERYEM. — Compris !

(Sort Mirka.)
(Musique gaie cesse.)

SCÈNE VIII

MERYEM, LA PRINCESSE.

(La princesse revient précipitamment, tout éberluée. Meryem la suit.)

MERYEM. — Madame !... Madame, vous avez encore perdu !

LA PRINCESSE. — Qu'est-ce que cela vous fait ?

MERYEM. — Cela me fait beaucoup, madame ! Tout à l'heure, vous avez laissé un louis sur la table dans mon jeu, et je suis sortie trois fois... je tenais à vous remercier !

LA PRINCESSE. — C'est-à-dire que vous m'avez pris ma chance.

MERYEM. — Prête à vous rembourser, madame.

LA PRINCESSE. — Oh ! me rembourserez-vous les dix mille francs que je perds ?

MERYEM. — Dix mille francs. C'est effarant !

LA PRINCESSE. — Oui. C'est indigne ! je ne jouerai plus jamais, jamais ! voilà plus de cent mille francs que je perds depuis un mois.

MERYEM. — Cent mille francs ! Oh ! le fait est que vous avez une malechance...

LA PRINCESSE. — Vous me connaissez donc, madame ?

MERYEM. — Qui ne connaît pas ici la princesse Alexianeff ?.. Je suis beaucoup le jeu des Russes ; ils sont tous si beaux joueurs !

LA PRINCESSE. — Et si chançards, parlons-en !... A part Douratieff, la colonie Russe laisse à la Principauté cinquante millions par an !

MERYEM. — C'est que tous les Russes ne savent pas s'y prendre.

LA PRINCESSE. — Que voulez-vous dire ?

MERYEM. — Aide-toi, le ciel t'aidera !.. et c'est un peu plus que de la chance qu'a le général.

LA PRINCESSE. — A la roulette, c'est impossible... je ne dis pas au baccara !

MERYEM. — Je me comprends... Écoutez-moi, madame, vous ne me connaissez pas, et moi je vous connais ; j'ai pour vous la plus grande sympathie, plus que de la sympathie, de la reconnaissance.

LA PRINCESSE. — Pour moi ?

MERYEM — Oui, une autre fois, vous m'avez porté bonheur.

LA PRINCESSE. — Moi ?

MERYEM. — Un jour que je venais de perdre, vous m'avez prêté cinq louis.

LA PRINCESSE. — Moi ?

MERYEM. — Oui, madame, vous veniez de gagner la forte somme, vous étiez dans la fièvre du gain ; vous ne vous souvenez plus, mais moi, je me souviens.

LA PRINCESSE. — Étrange, mais possible !

MERYEM. — Or, avec ces cinq louis, j'ai gagné dix mille francs, ça m'a sauvé la mise. J'étais ici en panne. Je suis une artiste, madame, ce qui vous expliquera un peu l'audace de ma démarche... Mais je finis par m'indigner de vous voir toujours perdre quand d'autres gagnent toujours et si sûrement.

LA PRINCESSE, *très vite.* — Que dites-vous là ?

MERYEM. — Vous savez bien, princesse, de qui je veux parler.

LA PRINCESSE. — Oui, du général Douratieff ; il ne perd jamais, lui !

MERYEM. — Eh bien ! écoutez-moi encore un moment, madame. Vous savez que le général Douratieff sert une pension à Mirka Cirbey, qui vit publiquement avec Terko le spirite.

LA PRINCESSE. — Eh bien ?

MERYEM. — Alors pourquoi le général Douratieff, qui n'aime plus les femmes, entretiendrait-il une fille qui le trompe ostensiblement.

LA PRINCESSE. — En effet !

(Musique.)

MERYEM. — Et voilà six mois que cela dure ! Vous êtes-vous jamais demandé le pourquoi de cette liaison ?

LA PRINCESSE. — Non.

MERYEM. — Eh bien, c'est que Mirka Cirbey est une voyante, une voyante extra-lucide, et qu'entre les mains de Terko, elle lit et dit sciemment les numéros sortants. Douratieff ne peut pas perdre !

LA PRINCESSE. — Mais c'est abominable ! Je vais le dénoncer !

MERYEM. — Il niera. Comment le prouverez-vous ?

LA PRINCESSE. — C'est vrai !

MERYEM. — Et cela vous fera-t-il gagner ?

LA PRINCESSE. — Non, mais c'est odieux, odieux !

MERYEM. — Aussi, vous ai-je dit cela pour vous donner le moyen d'avoir la chance du général.

LA PRINCESSE. — Mais vous m'affolez, parlez, parlez vite !

MERYEM. — Eh bien, voici : il y a du froid dans l'association Mirka Cirbey, Terko et Douratieff...

LA PRINCESSE. — Pas possible ! quelle chance !

MERYEM. — Oui, Douratieff a très mal accueilli tout à l'heure une demande d'argent de Mirka. C'est presque la brouille ; et Terko détestait déjà le général qui le désavoue en public et ne le voit plus qu'en cachette depuis l'affaire Mourline...

LA PRINCESSE. — Ah ! oui... ce scandale ! Je l'avais oublié !...

MERYEM. — Tout s'oublie ! Mourline était un névrosé facile à hypnotiser, un sujet merveilleux qui a beaucoup servi à Douratieff.

LA PRINCESSE. — Lui aussi ! C'est trop fort !

MERYEM. — Oui, Terko le magnétisait ! ces gens-là sont une bande !

LA PRINCESSE. — C'est abominable !

MERYEM. — Mais voilà, aujourd'hui la bande se désagrège, une place est à prendre, un quart dans les bénéfices. On serait enchanté de trahir et de lâcher Douratieff.

LA PRINCESSE, *toute joyeuse.* — Et c'est à moi que?...

(*Musique cesse.*)

MERYEM. — Oui, madame, c'est à vous que j'offre la place à prendre : ce sont les intérêts de vos six louis.

LA PRINCESSE. — Oh! merci! merci! Mais M. Terko voudra-t-il, lui, me faire gagner! J'ai peur maintenant que vous m'avez fait entrevoir le paradis.

MERYEM. — Il le fera, princesse.

LA PRINCESSE. — Ah! le voir, lui causer!.. Oh! savoir! savoir!

MERYEM. — Mais à vos ordres, madame.

LA PRINCESSE. — Eh bien, où demeurez-vous?

MERYEM. — London House, à Nice. (*Elle lui donne sa carte.*) Mais je serai aujourd'hui jusqu'à trois heures chez Ciro's, j'y déjeune.

LA PRINCESSE. — Oh! je ne manquerai pas de vous faire prévenir. Au revoir, madame! au revoir!

(*Elle se retire.*)

(*Pendant la fin de la scène entre Meryem et la Princesse, des garçons ont disposé des tables servies pour le déjeuner, à gauche, à l'avant-scène. Peu à peu, des gens arrivent et prennent place.*)

(*Musique en sourdine.*)

(*Mirka Cirbey vient de reparaître avec l'Allemand de la première scène.*)

SCÈNE IX

MIRKA, MERYEM, L'ALLEMAND, puis RABASTENS et MÉNARD.

MIRKA, *présentant son amie.* — Mon amie, la baronne Nydorf!

L'ALLEMAND. — Enchanté et flatté, madame! Vous voulez bien nous faire l'honneur d'être des nôtres?

MERYEM. — Mais comment donc!

MIRKA, *à Meryem.* — Eh bien?

MERYEM, *à Mirka* (*bas*). — La bête est prise! Si tu avais vu son impatience, elle flambait sur place, la vieille poupée!

MIRKA. — Tu as travaillé comme un ange!

MERYEM. — Mais ton Allemand ne flambe pas moins!

MIRKA, *à l'Allemand.* — Nous déjeunons, Mein herr?

L'ALLEMAND. — Mais je suis à vos ordres, mesdames!

MIRKA. — Quand vous voudrez!

L'ALLEMAND, *au garçon.* — Où est notre table, garçon?

LE GARÇON, *désignant une table.* — Ici, monsieur!

L'ALLEMAND. — Le menu! (*à Mirka*) Commandez, chère amie!

MIRKA, *s'asseyant.* — Chère amie, déjà! Oh! moi, des natives, du caviar, des pains au foie gras, une viande rôtie et le reste comme on voudra!

L'ALLEMAND, *au garçon.* — Garçon, prenez la commande! (*à Mirka*) Et du champagne?

MIRKA. — Si vous voulez, mais du sec!

L'ALLEMAND, *à Meryem.* — Et vous, madame?

MERYEM. — La même chose, mais pas de viande! moi, une omelette aux truffes et du vin du Rhin!

(*Ménard et Rabastens viennent de s'asseoir à une table voisine.*)

MÉNARD, *qui a entendu la commande de Meryem.* — Bigre! Si elle n'a pas soupé hier, elle déjeune ce matin... et quelle toilette!

RABASTENS. — Elles ont semé Terko.

MÉNARD. — Mais cueilli l'ami Fritz! Regardez-moi cette bonne tête de poire! (*Avisant Margot qui vient d'arriver avec un des soupeurs de la veille et cherche une table.*) — Mais c'est tout le spanish-bar qui rapplique ici!

RABASTENS. — Dame! ici, on tourne toujours un peu dans le même cercle!

MÉNARD. — Et ils sont plutôt étroits, les cercles vicieux!

RABASTENS, *le menaçant du doigt.* — Vous!

MÉNARD, *regardant d'autres dîneurs.* — Mais c'est tout Cosmopolis, regardez ces figures!

RABASTENS. — Vous voulez dire ces masques! Le carnaval commence ici fin décembre pour se prolonger jusqu'à la mi-avril, on a le temps de les voir, les pèlerins de Sainte Roulette et les épaves de Sainte Russie, roubles, roulottes et roulures!

MÉNARD. — Roulettes, roubles et roublards!

(*Ils déjeunent.*)

(*On entend davantage la musique pendant tout le baisser du rideau.*)

Rideau.

DEUXIÈME TABLEAU

L'entr'acte doit être très court, juste le temps de dresser sur la droite d'autres petites tables.

Quand le rideau se lève, des déjeuners y sont servis. Va-et-vient de garçons.

Il y a, à une table, Mirka Cirbey, Meryem et l'Allemand; à une autre, Margot et un Monsieur; à une autre, Rabastens et Ménard; d'autres groupes encore et, parmi eux, des vieilles femmes très maquillées, accompagnées de beaux jeunes gens. Il est une heure et demie; tous ces gens-là sont au dessert.

SCÈNE PREMIÈRE

MIRKA, MERYEM, L'ALLEMAND, RABASTENS, MÉNARD, MARGOT, UN MONSIEUR, JOJO, UN GARÇON, UN CHASSEUR.

L'ALLEMAND. — Des fruits rafraîchis?

MIRKA. — Non, si vous le permettez, des framboises!

L'ALLEMAND. — Mais il n'y en a pas sur la carte?

MERYEM. — Qu'à cela ne tienne! On nous en garde toujours à l'office, mais c'est plus cher! (*Bas à Mirka.*) Il fait une tête!

MIRKA. — Ça le dresse! (*Au garçon.*) Ernest, des framboises!

LE GARÇON. — Bien, madame!

L'ALLEMAND. — Elle est charmante! Vous êtes charmante!

MERYEM. — Ernest, apportez-moi une poire aussi!

MIRKA. — N'appuie pas trop, il finirait par comprendre!

RABASTENS. — Hein! déjeuner dehors, au mois de janvier, n'est-ce pas admirable?

MÉNARD. — En effet!... (*Désignant de l'œil une voisine de table.*) Mais, dites-moi, quelle est donc cette grosse dame, érupée comme une volaille, dans ce flot de ruches et de fanfreluches?

RABASTENS. — Une vieille garde, une comtesse russe, jadis serveuse de bocks, mais épousée à temps, a couché dans le lit d'un tas de banquiers et de quelques princes, a fini par prendre ses domestiques; cette année, c'est un ancien cuisinier qui l'escorte!

MÉNARD. — Le maître queux s'imposait : l'art d'accommoder les restes !

RABASTENS. — Ne les regardez pas trop, elle lui fait donner des leçons d'escrime !

MARGOT. — Et Jojo qui ne vient pas ! Qu'est-ce qu'il peut bien faire celui-là ? Il nous en fait bouffer du lapin !

LE MONSIEUR. — Il te manque tant que ça ! Quand il est là, tu ne sais quelles sottises lui dire !

MARGOT. — Oui, il me manque ! Je ne vais pas t'engueuler, toi, on n'est pas assez bien ensemble !

LE MONSIEUR. — Délicieuse nature !

MÉNARD, *regardant une autre voisine.* — Et cette grande blonde encore belle ?

RABASTENS. — Une ex-maîtresse d'Empereur !... Mais, tenez, ce joli garçon roux, là-bas, qui passe, une étoile qui se lève, c'est la Soya de Nice qui l'a lancé ! L'an dernier, il était encore simple artilleur ; un caprice de la jolie fille l'a élevé au rang de secrétaire du prince Askimidoff, lequel est d'ailleurs nihiliste, théosophe, ésotérique, etc., etc.

MÉNARD. — Mais il y a de tout ici !

RABASTENS. — Oui, de tout, vous l'avez dit ! Tous les déséquilibrés, tous les spleenétiques et tous les hystériques se donnent ici rendez-vous ! Il en vient de partout, du Thibet et de l'Afrique australe ! Et quel choix de princes et de princesses, les vrais et les faux, et que de Majestés, les régnantes et les déchues, et tout le stock des ex-favorites, et des cochers pour baronnes moscovites et des alpins pour boyards et, par là-dessus, quel inénarrable lot de vieilles dames et toutes amoureuses !

MÉNARD. — Non !

(*Un deuxième chasseur vient à la table de Meryem et de Mirka.*)

DEUXIÈME CHASSEUR, *présentant une lettre.* — Madame la baronne Nydorf !

MERYEM. — C'est moi !

(*Elle prend la lettre et la lit.*)

LE CHASSEUR. — Il n'y a pas de réponse ?

MERYEM. — Non ! (*passant la lettre à Mirka*) (*bas*) Lis ; la bête est dans le filet ! C'est de l'Alexianeff, elle va venir ici ! Sème ton allemand !

MIRKA. — Donne ! (*Elle lit et change exprès de visage.*) Cher monsieur, vous me voyez désolée, mais un contretemps imprévu, un ami qui m'arrive de Cannes, je suis forcée de l'aller chercher à la gare de Monaco... je n'ai que le temps de monter en voiture. Excusez-moi !...

(*Elle se lève.*)

L'ALLEMAND. — Et cette promenade au cap Martin que nous devions faire ensemble ?

MIRKA. — Ce n'est que partie remise, cher monsieur, aujourd'hui, c'est impossible ! Pouvais-je prévoir ?... Viens-tu, Meryem ?

(*Meryem se lève.*)

L'ALLEMAND. — Mais c'est très désagréable !...

MIRKA. — Oh ! bien plus pour moi que pour vous encore, si vous saviez !

L'ALLEMAND. — Vous verrai-je au moins ce soir à la salle de jeu ?

MIRKA. — Impossible, je serai accompagnée. Demain.

L'ALLEMAND. — Bien, demain, ici, à déjeuner, et je vous promets une journée complète !... à demain !... (*Il salue et appelle*) Garçon, l'addition !

(*Les deux femmes s'éloignent.*)

MARGOT, *à Jojo qui arrive.* — Ah ! te voilà enfin, tu arrives ! Je ne te demande pas d'où tu viens !

JOJO. — Mais, ma petite !

MARGOT. — Il n'y a pas de petite, tu ne m'as pas regardée, me faire poireauter pendant deux heures ! Si je ne t'ai pas fait vingt fois cocu, c'est qu'il fait trop chaud et que (*désignant le monsieur assis à côté d'elle*) Maurice n'aime pas les femmes !

LE MONSIEUR. — Dites donc, vous !

MARGOT. — J'ai voulu dire : n'aime plus ! (*A Jojo*) Assieds-toi là, mon chéri, tu as déjeuné, j'espère ; paie l'addition et commande-nous des cafés glacés.

(*Sort l'Allemand.*)

(*Entre Terko. Il vient s'asseoir à une table, l'avant-scène.*)

RABASTENS. — Idylle modern-style !... Tiens, Terko ! Oh ! les deux femmes ne doivent pas être loin ! Je ne sais pas ce que ce trio complote, mais leur manège m'intrigue et m'intéresse !... Ah ! les voici, voyez comme Meryem se glisse à pas feutrés, insinuante et rapide, avec cette lenteur apparente ; il y a du rampement de la hyène en elle ! A-t-elle assez l'air d'une bête nocturne et malfaisante ! Ah ! la Cirbey est un fauve d'une autre race !

(*Il se lève.*)

MÉNARD, *se levant aussi.* — De grande race, en effet !

(*Ils sortent.*)

(*Pendant ce temps, Meryem et Mirka sont venues s'asseoir à la table de Terko à qui elles ont serré la main.*)

SCÈNE II

MIRKA, MERYEM, TERKO.

TERKO. — Eh bien ?

MERYEM. — La bête est dans le filet !

TERKO. — Parfait ! elle n'a pas été longue à donner dans le piège.

MIRKA. — Parbleu, une telle zélatrice de vos yeux, mon cher Terko !

MERYEM. — Et puis, une vieille joueuse comme elle, ça ne croit pas à Dieu, mais ça croit au diable !

TERKO. — Mais si elle n'allait pas venir ?

MERYEM. — Allons donc ! Lisez sa lettre !

TERKO, *lisant.* — Diable ! c'est de la curiosité ou je ne m'y connais pas !

MIRKA. — Elle a donné tête baissée dans le piège !

TERKO. — Oui, mais le Mourline sera difficile à faire avaler !

MIRKA. — Pourquoi ? C'est une bûche, décidément ?

TERKO. — Indécrottable ! Impossible d'en rien tirer. C'est l'ours du Danube !

MIRKA. — Où l'as-tu laissé ?

TERKO. — Là-bas, dans un café de la Condamine, le plus loin possible. J'irai le reprendre pour dîner.

MIRKA. — Oui, il vaut mieux qu'on ne le voie pas avant ce soir.

MERYEM, *joyeusement.* — Chut ! Voici la princesse !

MIRKA, *joyeusement.* — Elle ne s'est pas fait attendre... Quel harnachement !.. Un chien savant !... (*A Terko.*) Elle veut te séduire.

(*Entrée de la princesse.*)

(*Le groupe va à sa rencontre.*)

SCÈNE III

MERYEM, MIRKA CIRBEY, TERKO, LA PRINCESSE.

MERYEM. — Ah! princesse, comme c'est aimable à vous! Avoir désiré si vite connaître mes amis! Permettez-moi de vous les présenter. Vous connaissez la comtesse Mirka Cirbey. (*La Princesse et Mirka se saluent.*) (*Présentant Terko.*) Monsieur Terko !

TERKO, *saluant*. — Princesse!

LA PRINCESSE. — Je suis toute confuse, vous avez prévenu mon désir. Je n'osais me l'avouer à moi-même, mais voilà plus d'un an que cette idée me travaille, et désir de femme, vous le savez, il faut tôt ou tard que cela se réalise! Vous m'obsédiez, monsieur.

TERKO. — Très flatté, madame !

LA PRINCESSE. — Oh ! l'obsession de vos talents, vous êtes un si grand magicien ! Mais si ! je n'ai qu'à vous regarder pour m'en convaincre. (*Elle lui fait de l'œil.*) Il paraît que vous lisez dans la pensée d'autrui à livre ouvert.

TERKO. — Le peu que j'y vois ne vaut pas qu'on en parle.

MERYEM. — Mais si ! M. Terko fait le modeste, c'est un homme à suivre.

MIRKA. — A écouter surtout.

LA PRINCESSE, *à Mirka*. — Et vous aussi, madame, je ne vous dis pas tout le plaisir que j'ai à vous revoir ; il y a longtemps que je vous admire, vous êtes si jolie, si élégante, et une taille ! Une femme comme vous, madame, me fait l'effet d'une fleur!

MIRKA, *s'inclinant*. — Madame! Vous me faites rougir !

LA PRINCESSE. — C'est si charmant l'amour et la jeunesse. Il est vrai que M. Terko possède une telle puissance !

TERKO. — Mais, princesse, je vous assure que je ne fais, comme tout le monde, que de très simples choses.

LA PRINCESSE. — De simples choses : remuer des millions, commander au hasard et enrichir ou ruiner à son gré qui vous consulte... Voyons, entre nous, monsieur Terko, vous savez bien quelle curiosité m'amène vers vous. Jouons cartes sur table ! N'êtes-vous pas pour beaucoup dans la chance scandaleuse d'un certain joueur?

TERKO, *avec un peu d'indignation*. — Mais princesse, comment savez-vous ?

MERYEM. — Mon cher Terko, je me suis permis de renseigner la princesse sur l'origine des gains fabuleux d'un de nos amis...

TERKO. — Mais c'est une trahison !... Je ne vous permets pas !...

MERYEM. — Croyez-vous?

LA PRINCESSE, *vivement*. — Vous voilà au pied du mur, monsieur Terko, vous voyez bien que cela est vrai, les témoins vous accablent d'ailleurs. De tous les Russes, en ce moment ici, pourquoi le général est-il le seul qui gagne d'une façon continue ?

TERKO. — Vous donnez son nom maintenant ! Je vous répète, princesse, que je ne suis pour rien dans les gains de ce joueur dont vous parlez.

LA PRINCESSE. — Soit ! Ne parlons plus de vos talents, mais de ma curiosité : vous l'avez horriblement surexcitée ! Voulez-vous me permettre d'interroger le liseur de pensées et d'expérimenter la science que l'on vous prête ?

MIRKA. — Acceptez, je vous en prie, mon cher Terko !

TERKO. — Soit, j'accepte, mais, ma chère Mirka, vous me jetez dans le pire embarras.

LA PRINCESSE, *toute joyeuse*. — Je n'en crois rien du tout ! Alors, vous consentez ?

TERKO. — Je consens.

LA PRINCESSE, *joyeusement*. — Ah ! vous êtes un homme délicieux, vous me faites un plaisir ! (*Elle serre chaudement les mains de Terko. Et aux deux femmes.*) Je n'oublierai pas, mesdames, que c'est à vous que je dois toute cette joie !

MIRKA et MERYEM, *saluant*. — Princesse !

(*Musique.*)

LA PRINCESSE. — Déjà, je voudrais mieux vous remercier. Faites-moi donc l'honneur de venir prendre une tasse de thé, ce soir, chez moi ? le thé du samovar comme en petite Crimée ! (*A Terko.*) Et vous, monsieur, faites-moi le plaisir d'accompagner ces dames.

TERKO. — En vérité !...

LA PRINCESSE. — Mais si ! mais si ! Nous causerons occultisme, télépathie et spiritisme ; moi, ces choses-là me passionnent !... Et puis, j'ai chez moi une petite roulette, nous l'expérimenterons en famille. (*A Meryem.*) Voulez-vous bien, madame?

MERYEM. — Oh ! madame, je suis désolée, je dois être rentrée à Nice avant six heures.

LA PRINCESSE. — Oh ! quel ennui !... Et vous, madame Cirbey ? Et vous, monsieur Terko ?

MIRKA. — Vraiment, madame, vous me voyez aussi très confuse, mais nous ne pouvons, M. Terko et moi, disposer de notre soirée... nous le regrettons beaucoup !

LA PRINCESSE. — Mais pourquoi ?

MIRKA. — Nous attendons par le train de huit heures un médium bulgare, d'une lucidité extraordinaire. M. Terko l'a fait venir sur la prière d'un des grands-ducs en séjour à Cannes... il doit l'y conduire le surlendemain... Ce Bulgare est un des médiums les plus forts de l'Europe !

LA PRINCESSE, *vivement*. — Oh ! alors, amenez-le d'abord chez moi !

MIRKA. — Y songez-vous, princesse ! chez vous, au débotté du train ? Il arrive par l'Orient-Express... vingt heures de voyage,... il sera exténué, mort de fatigue !

LA PRINCESSE, *très pressante*. — Mais enfin, s'il ne l'était pas?

MIRKA. — Puis, princesse, il ne parle ni russe, ni français.

LA PRINCESSE. — Qu'importe, vous traduirez, vous ! Vous parlez bien le bulgare ?

MIRKA. — Oui, princesse.

LA PRINCESSE. — Alors venez tous les trois.

MIRKA. — Non, en vérité, madame, nous ne pouvons vous promettre... cela ne dépend pas de nous.

LA PRINCESSE. — Oh ! je vous en supplie ! Téléphonez-moi vers neuf heures et demie, je ne sortirai pas avant dix heures.

MIRKA. — Nous téléphonerons, puisque vous le demandez, princesse.

LA PRINCESSE. — Je compte sur vous... Si ! Si !... Adieu ! à ce soir ! A ce soir !

MERYEM. — Vous allez jouer, madame ?

LA PRINCESSE. — Il le faut bien.

TERKO. — N'y allez pas, princesse !

LA PRINCESSE. — Pourquoi ?

TERKO. — Vous ne gagnerez pas au jeu aujourd'hui !

LA PRINCESSE. — Non ?

TERKO. — Ni maintenant, ni ce soir, n'entrez pas dans la salle de jeu... Vous avez déjà perdu ce matin !

LA PRINCESSE. — Qu'en savez-vous ?

TERKO. — Je connais même le chiffre !

LA PRINCESSE. — Combien ?

TERKO. — Dix mille !

LA PRINCESSE. — C'est effarant !

TERKO. — Cent mille depuis un mois !

LA PRINCESSE. — C'est inouï, mais où devinez-vous cela ?

TERKO. — Je le vois !

LA PRINCESSE. — Oh ! vous me faites peur ! Vous me faites peur !... A ce soir ! A ce soir !

(Elle sort en courant.)

LE GROUPE, *la saluant*. — Madame !...

MERYEM, *joyeusement*. — Elle est prise !

TERKO ET MIRKA, *joyeusement*. — Et d'une !

MERYEM. — Maintenant, je vais aller chercher Mourline, je le garderai avec moi jusqu'à six heures, à la gare ! Vous viendrez le prendre pour dîner, et puis, je disparaîtrai pour toute la soirée.

MIRKA. — Tu nous compromettrais !

MERYEM. — Oui, je suis suspecte, moi !

TERKO. — Tiens ! le général !

MIRKA. — Oh ! il a reçu la lettre !

MERYEM. — Était-elle très menaçante, au moins ?

MIRKA. — Je l'ai écrite avec soin.

TERKO. — Surveillons-le de loin !

(Ils s'éloignent.)

SCÈNE IV

DOURATIEFF et STERNOS, puis RABASTENS, J. MÉNARD, MARGOT, PREMIER et DEUXIÈME PROMENEURS, UNE PROMENEUSE.

(Entrent Sternos et Douratieff, ce dernier, le visage très altéré, tient à la main une lettre qu'il froisse.)

STERNOS. — Vous n'allez pas vous mettre dans un pareil état pour une lettre anonyme ?

DOURATIEFF. — Cela vous est facile d'en parler, ce n'est pas vous qui l'avez reçue !

STERNOS. — Voyons, mon cher ami, cela n'a pas de bon sens ! Une lettre, par la raison même qu'elle n'est pas signée, n'existe pas. C'est la lettre sans auteur, donc sans portée.

DOURATIEFF. — Vous croyez ?... Les enfants naturels ne peuvent pas tuer à ce compte-là ; leurs coups ne portent pas !

STERNOS. — Vous vous énervez !

DOURATIEFF. — On s'énerverait à moins ! Vous savez ce qu'elle m'annonce, cette lettre ?

STERNOS. — A peu près.

DOURATIEFF. — A peu près !... Je vous admire. Tenez, relisez-la !

STERNOS, *lisant*. — « Général, croyez-vous aux revenants ? Non. Eh bien, vous avez tort ! Il y a des morts qui reviennent, à moins que certains suicides et autres fins violentes ne soient de délicates inventions à l'usage des fils de famille dans l'embarras. Boris Mourline, votre assassin, a été vu avant-hier à Nice, hier à Monte-Carlo et doit y être encore aujourd'hui. Le ressuscité ne doit pas être animé des meilleurs sentiments vis-à-vis de vous. Il y a des morts qui se vengent, des vivants aussi. Quelques-uns de vos gains de jeu suffiront peut-être à éloigner le spectre. L'argent peut tout ! » (Et c'est signé naturellement :) « Quelqu'un qui vous veut du bien ! » — Mais c'est une demande d'argent, cette lettre, elle s'adresse à la caisse, elle pue carrément le chantage !

DOURATIEFF. — Cette lettre a eu un précédent !

STERNOS. — Vous dites ?

DOURATIEFF. — A eu un précédent ! Tout à l'heure, Mirka Cirbey m'a abordé pour me prévenir qu'elle avait reçu de Moscou une lettre où on lui disait Boris vivant !

STERNOS. — Elle vous l'a montrée, cette lettre ?

DOURATIEFF. — Non, elle l'a brûlée devant moi !

STERNOS. — Devant vous ?

DOURATIEFF. — Oui. Cinq minutes avant, elle m'avait demandé vingt-cinq mille francs !

STERNOS. — Vingt-cinq mille francs ! Parfaitement, c'est Mirka qui a envoyé la lettre, l'anonyme, tout s'explique, maintenant elle continue son jeu. Elle s'est vengée !

DOURATIEFF. — Vous croyez ?

STERNOS. — Mais cela saute aux yeux. La lettre anonyme est une arme de fille.

DOURATIEFF. — Mirka n'a pu écrire cette lettre.

STERNOS. — Comment ?

DOURATIEFF. — Notre entretien a eu lieu tout à l'heure. J'ai laissé Mirka dans le jardin ; en rentrant à l'hôtel, j'ai trouvé la lettre. Mirka n'a eu le temps ni de la dicter ni de l'écrire, car enfin elle ignorait que je lui refuserais les vingt-cinq mille francs demandés.

STERNOS. — Étrange, en effet ! Tenez, voilà justement Mirka là-bas avec le fidèle Terko. On dirait qu'elle vous observe !

DOURATIEFF. — Où cela ?

STERNOS. — Là-bas ! Jouez serré ; allons lui parler.

DOURATIEFF. — Terko est avec elle, je ne veux pas, je ne veux pas !

(Entrent Rabastens et Jacques Ménard.)

RABASTENS, *à Jacques Ménard*. — Voici encore le général Douratieff !

STERNOS. — Raison de plus, je vous accompagne, j'observerai... je verrai bien si ce sont eux les coupables.

RABASTENS. — Il est livide, le vieux vautour ! Le gain ne lui réussit pas !

STERNOS. — On dirait qu'ils nous évitent... arrêtons leur mouvement tournant.

DOURATIEFF. — Je ne veux pas... je ne veux pas !...

RABASTENS. — Sa chance est trop insolente, je veux couper sa chance.

STERNOS. — Je vous en prie !

DOURATIEFF. — Non ! Non !

STERNOS. — Mais pourquoi ?

DOURATIEFF. — J'aime mieux le doute, oui, le doute ! *(Sèchement.)* Venez, Sternos !

(Ils s'éloignent.)

(Musique.)

RABASTENS, *à J. Ménard*. — Laissez-moi vous présenter. *(Abordant Douratieff.)* Général, qu'avez-vous fait de votre belle mine ? Comment allez-vous aujourd'hui ? Vous vous couchez trop tard, l'albuminurie vous guette. Trop veiller brûle le sang !

DOURATIEFF, *sèchement*. — Moi ! je me couche à onze heures !

(Pendant toute cette conversation, il paraîtra accablé, inquiet.)

RABASTENS. — Trop d'émotions alors, jouez moins! C'est le médecin qui vous parle.

STERNOS. — Toujours plaisant, Rabastens.

RABASTENS. — Vous, toujours superbe, comte!... Permettez-moi de vous présenter mon ami Jacques Ménard.

STERNOS. — Français?

MÉNARD. — Français.

STERNOS. — Monsieur est joueur?

MÉNARD. — Pas encore.

STERNOS. — Vous le deviendrez

MÉNARD. — J'espère que non.

STERNOS. — C'est si passionnant!

RABASTENS. — Ah! comme vous êtes Russe! Ce besoin d'émotions violentes, est-ce assez slave? Mais vous, général, vous qui aimez les émotions, je vais vous en donner une de haut goût.

DOURATIEFF. — Laquelle?

RABASTENS. — Croyez-vous aux revenants?

DOURATIEFF, *balbutie et pâlit.* — Non... non...

RABASTENS. — Eh bien, vous avez tort. Il faut croire qu'il y a des morts qui reviennent, ou alors, il est d'étranges ressemblances!

DOURATIEFF. — Vous dites?

RABASTENS. — Avant-hier, au Spanish-bar, à Nice, nous avons vu Boris Mourline ou son sosie, car c'était lui, traits pour traits!

DOURATIEFF. — Boris!.. Sternos, à moi!... je me sens mal!

(Il chancelle. Sternos et Rabastens le soutiennent. Il tombe sur un banc. La foule s'assemble. On lui fait respirer des sels.)

PREMIER PROMENEUR. — Qu'est-ce que c'est?

DEUXIÈME PROMENEUR. — Un suicide?

PREMIER PROMENEUR (*ironique*). — Vous savez bien qu'on ne se suicide jamais à Monte-Carlo!

MARGOT. — C'est le général Douratieff!

UNE PROMENEUSE. — Le Russe!

MARGOT. — Celui qui gagne toujours!

UNE PROMENEUSE. — L'ancien amant de Mirka!

STERNOS, *à Rabastens.* — Monsieur, c'est odieux Mon ami est un vieillard, vous pouviez le tuer avec ce souvenir. Vous avez la facétie dangereuse. C'est donc vous l'auteur de cette lettre anonyme?

RABASTENS. — Une lettre anonyme, moi, monsieur! Mais sans vos cheveux blancs, vous auriez déjà ma main sur la figure!

STERNOS. — Lisez!

RABASTENS, *lisant.* — Les mêmes termes, en effet! Une étrange coïncidence!

STERNOS. — Je veux le croire!

(Meryem, Myrka, Terko reviennent dans le fond.)

MIRKA (*haut*). — Pauvre général, que lui arrive-t-il donc? (*A part.*) Cette fois, le coup a porté, nous le tenons!

TERKO. — Il a du plomb dans l'aile!

MERYEM. — Touché, bien touché, cette fois!

(Toute cette fin doit être jouée dans un très vif mouvement. Brouhaha de promeneurs qui s'empressent autour du général.)

(On entend davantage la musique, qui ne cesse pas pendant tout le baisser du rideau).

Rideau.

ACTE IV

Séparées par une cloison venant du fond, deux chambres de maîtres, tentures différentes, à l'hôtel de Naples. A gauche (du spectateur), la plus grande, celle de Douratieff; à droite, celle de la princesse Alexianeff. Dans la chambre du général, un lit à alcôve est au fond. On ne voit pas de lit dans la chambre de la princesse. Au lever du rideau, la chambre de Douratieff est éclairée à deux becs électriques seulement; celle de la princesse est, au contraire, violemment éclairée, et, en plus de l'électricité, il y a deux lampes ennuagées de dentelles. Porte dans la cloison, dernier plan, et porte dans chacune des chambres, au fond, près de la cloison. Au premier plan, à gauche et à droite, portes encore ouvrant sur les autres chambres des deux appartements. Accessoires : Un samovar, une roulette de chambre, un téléphone, des cartes à jouer, un vaporisateur, une glace à main, fleurs.

SCÈNE PREMIÈRE

DOURATIEFF, RABASTENS, STERNOS, PIETRO.

(*Au lever du rideau la chambre de la Princesse est vide; dans celle du général, étendu (en pantalon et chemise) sur son lit, se tiennent près de lui Sternos, Rabastens, Pietro.*)

RABASTENS. — Ce ne sera rien, général, remettez-vous, rien!

PIETRO. — Qu'est-ce qu'a eu monsieur?

STERNOS. — Rien, une petite syncope, une petite émotion!

RABASTENS. — Il n'a pas rouvert les yeux, son pouls est faible, mais il bat. Je crois qu'il faudrait le saigner!

STERNOS. — Oui?... Vous avez tout ce qu'il faut sur vous, docteur?

RABASTENS. — Ma trousse ne me quitte jamais... Tenez-lui le bras... Une cuvette... vous la tenez bien... C'est cette apparition de tout à l'heure qui l'a achevé! Cette rencontre!

STERNOS. — Oui, cet homme que nous venons de voir à la salle de jeu, la ressemblance exacte de Boris!

(*Dans la chambre du général, simulacre de la saignée, dos au public, pendant toute la scène deuxième.*)

SCÈNE II

LA PRINCESSE, NADÈJE.

(*La princesse en peignoir d'intérieur très élégant, valenciennes et soie mauve, perruque blonde, des bijoux, gantée de mitaines mauves, entre suivie de la femme de chambre portant des fleurs.*)

LA PRINCESSE. — Oui, les fleurs, Nadèje, les œillets de Menton sur ce meuble... vaporise un peu... Quelle heure?

NADÈJE. — Neuf heures et demie.

LA PRINCESSE. — Et rien encore! ils n'ont pas téléphoné!... A-t-on apporté les petits fours de chez Bardey?

NADÈJE. — Oui, madame, le chasseur vient de les monter.

LA PRINCESSE. — Montrez si ce sont bien ceux que j'ai demandés... Oui, à l'ananas... Mettez-les sur une assiette... La roulette est prête? Et le général?

NADÈJE. — Ah! cela n'a rien été, madame! Il est retourné à la salle de jeu!

LA PRINCESSE. — Après sa syncope!.. Incorrigible!... Pourvu qu'ils viennent maintenant, pourvu qu'ils n'aillent pas manquer, je me sens vingt ans de moins... savoir, savoir!.. Ce bulgare doit être arrivé... J'ai le cœur qui bat comme à mon premier rendez-vous!

(*Sonnerie du téléphone. La femme de chambre court au téléphone placé à droite, sur la cheminée.*)

NADÈJE. — Allo! allo!.. oui... bien, bien! (*A la princesse.*) On téléphone de la ville, on demande madame.

LA PRINCESSE. — Qui?

NADÈJE. — M. Terko; ils sont à Oyster's bar.

LA PRINCESSE. — Ah! (*Elle court au téléphone et y cause.*) Allo!.. Allo!..Ah! c'est vous, monsieur Terko!... vous allez bien?... Le Bulgare est là?.. Ah!... il n'est pas trop fatigué... tant mieux!... Alors vous venez? à quelle heure?... à dix heures? bien, parfait!... Vous êtes délicieux tous les trois, délicieux!... Je vous attends! (*Elle remet le téléphone et vient, en dansant presque, se regarder dans la glace. Elle prend les cartes, puis se lève.*) Non, je perdrais! Avant dîner, j'ai essayé, j'ai perdu... Ce Terko est effrayant, il lit dans l'avenir!

(*Elle se bichonne.*)
(*Sort Nadèje.*)

SCÈNE III

STERNOS, RABASTENS, PIETRO, LA PRINCESSE, NADÈJE.

STERNOS. — Il rouvre les yeux!

RABASTENS. — Il respire régulièrement... Hé bien! cela va mieux, général?

LA PRINCESSE, *qui a entendu parler plus fort et est venue écouter à la porte.* Qu'est-ce qu'il y a? Le général est déjà rentré? Non, pas possible!... (*Elle frappe à la porte de communication.*) Êtes-vous malade, général? C'est moi, ouvrez-moi, général!

RABASTENS. — Qui est là?

STERNOS. — La princesse Alexianeff... ils ont l'habitude de communiquer. (*A Pietro.*) Allez ouvrir.

(*Entre la princesse, qui reste interdite à l'entrée de la chambre, devant Douratieff évanoui.*)

LA PRINCESSE. — Qu'est-ce qu'il y a? C'est affreux!

RABASTENS. — Chut! Ce n'est rien, il a été pris de syncope dans la salle de jeu.

STERNOS, *à part, à Rabastens.* — Ne lui dites rien, elle est si bavarde.

LA PRINCESSE. — Il fait si chaud dans ces salles! à chaque instant, je crois défaillir; on n'aère pas assez!... Alors, cela ne sera rien?

RABASTENS. — Rien!

LA PRINCESSE. — Si vous avez besoin de moi?

STERNOS. — Bien!... Comme vous voilà belle! Vous attendez du monde ce soir?

LA PRINCESSE. — Oui j'attends quelques amis.

STERNOS. — Et la petite roulette, la fameuse petite roulette?

LA PRINCESSE. — Comme vous me connaissez!... Le général a-t-il gagné ce soir?

STERNOS. — Il n'a pas eu le temps : l'étourdissement l'a pris presque dans l'atrium, il venait à peine d'entrer dans la salle.

LA PRINCESSE. — Et ce ne sera rien?

RABASTENS. — Rassurez-vous, princesse, rien!

LA PRINCESSE. — Alors vous n'avez pas besoin de moi?

STERNOS. — Non, allez à vos invités, princesse.

LA PRINCESSE. — D'ailleurs, je suis là, vous n'avez qu'à m'appeler, ne mettez pas le verrou... au moindre appel j'accours, usez et abusez!

STERNOS. — Nous abuserons. Bonsoir, princesse!

LA PRINCESSE. — Bonsoir, messieurs!

(*Elle rentre chez elle.*)
(*Les deux hommes restent seuls.*)

RABASTENS. — Quelle folle!

STERNOS. — Et quelle égoïste!

RABASTENS. — Heureusement que le temps émousse la sensibilité des vieillards, ils seraient trop malheureux!

NADÈJE (*entre, tenant un somptueux bouquet.*) Voilà des fleurs de la part de M. Terko.

LA PRINCESSE. — Oh! des iris! Venez, nous allons les mettre dans ma chambre.

(*Elles sortent à droite, par la porte du premier plan.*)
(*La chambre de la princesse reste vide.*)

STERNOS. — Il n'a pas repris connaissance?

RABASTENS. — Non, mais le pouls va bien, le cœur est régulier; le général n'est plus évanoui, il dort.

STERNOS. — Ne vaudrait-il pas mieux le réveiller?

RABASTENS, *s'asseyant pour écrire une ordonnance.* — Que non, la secousse nerveuse a été forte, le sommeil répare... Maintenant je vais écrire une ordonnance.

PIETRO. — Alors, je reste ici toute la nuit auprès de monsieur?

STERNOS. — Oui, oui, tout à l'heure.

RABASTENS, *il donne l'ordonnance à Pietro.* — Tenez, donnez cela à un chasseur en bas.

LA PRINCESSE, *revenue en scène, fait une réussite, assise à la table.* — Roi de cœur, pique! (*Elle continue à faire sa réussite.*)

STERNOS. — Cela a été terrible!... Cette lettre anonyme! ce que vous avez raconté! et puis cet homme!

RABASTENS. — Excusez-moi! Pouvais-je prévoir?

STERNOS. — Il y a dans tout ceci un mystère, je suis d'avis qu'il ne faut pas laisser seul Douratieff cette nuit!

RABASTENS. — Bah! l'hôtel est surveillé, et puis Pietro est sûr, il passera la nuit ici!

(*Sonnerie du téléphone chez la princesse. La femme de chambre rentre et va à l'appareil.*)

NADÈJE. — Allo!... Allo!... oui... bien, bien! (*A la Princesse.*) On annonce les invités de Madame.

LA PRINCESSE, *joyeusement.* — Bien! dites de faire monter.

NADÈJE. — Allo!... oui... faites monter.

(*Rentre Pietro avec des médicaments.*)

STERNOS. — Tout de même, j'ai bien envie de m'installer ici.

RABASTENS. — N'en faites rien! nerveux comme il est, toute présence l'inquiète : c'est dans la solitude qu'il se rétablira plus vite... tenez, il nous a entendus... le voilà tout agité!

LE GÉNÉRAL, *dans son lit.* — Boris! Boris!... ne me fais pas de mal!

RABASTENS. (*A Pietro.*) — Passez-moi le flacon. (*Il verse un peu du contenu du flacon sur un mouchoir et en frotte le nez et les tempes du général. A Pietro.*) Vous ferez ainsi s'il parle en dormant; s'il se réveille, vous lui donnerez deux cuillerées de cette potion,... (*A Sternos.*) Et maintenant venez, comte; nous avons besoin de nous détendre les nerfs au grand air. (*A Pietro.*) Vous, restez ici, mais le moins de lumière possible!

(*Ils sortent.*)

(*Pendant la scène suivante, jusqu'au moment où la princesse s'endormira, scène muette dans la chambre du général. La chambre est presque dans l'obscurité.*)

(*Pietro veille, donne quelques soins à son maître, puis s'asseoit près du lit, prend un journal et finit par s'endormir.*)

SCÈNE IV

LA PRINCESSE. MIRKA CIRBEY. TERKO. NADÈJE. LE BULGARE.

(*Entrée chez la princesse de Terko, de Mirka Cirbey et du Bulgare.*)

MIRKA. — Oui, c'est nous, princesse, nous n'avons qu'une parole, nous avons fait l'impossible!

LA PRINCESSE. — Vous êtes adorable! (*Elle l'aide à ôter son manteau.*) Et quelle robe! Vous êtes allée dans les salles de jeux?

MIRKA. — Oh! une minute! C'est pour vous, madame, que je me suis faite belle!

LA PRINCESSE. — Ah! qu'elle est gentille! et pour vous aussi, M. Terko!

TERKO, *lui baisant la main.* — Princesse!... Permettez-moi de vous présenter mon ami Bojidar Alexandrof, il ne parle pas un mot de russe, je vous préviens.

LA PRINCESSE, *au Bulgare.* — Monsieur!

(*Elle montre à tous des sièges.*)

MIRKA, *s'asseyant.* — Mais vous êtes très bien installée ici!

LA PRINCESSE. — C'est surtout très commode, je n'ai qu'à traverser le jardin pour aller au jeu : il y a deux ans, j'avais une villa, je me ruinais en voitures.... Nadèje, donnez des coussins!... A propos de jeu, vous savez l'histoire, je suis toute bouleversée?

(*La femme de chambre place les coussins et sort.*)

MIRKA. — Quelle histoire, princesse?

LA PRINCESSE. — Mais l'accident du général! On vient de le ramener ici tout à fait souffrant, même très mal!

TERKO. — Le général! Quel général?

LA PRINCESSE. — Mais Douratieff, c'est mon voisin de

chambre; il loge à côté. (*Elle sert le thé.*) Il y en a eu des allées et venues! Je n'ai pu l'ignorer, je sors de chez lui, il a eu un étourdissement.

(*Les complices échangent un regard rapide.*)

TERKO. — Un étourdissement?

MIRKA. — Ce pauvre général!

LA PRINCESSE. — Ce ne sera rien, le comte Sternos et M. Rabastens sont auprès de lui.

(*Les complices échangent un regard navré.*)

LA PRINCESSE. — Oh! je ne suis pas en peine de Douratieff! (*Rentrée de Nadèje.*) Sternos lui est dévoué comme un chien! Vous allez goûter mes petits fours à l'ananas, on les fait exprès pour moi, une recette que j'ai rapportée de Constantinople! (*A Nadèje.*) Comment va-t-on à côté? Vous avez des nouvelles?

NADÈJE. — Le général doit aller mieux, le comte Sternos et le médecin viennent de partir.

(*Mouvement de joie des complices.*)

NADÈJE. — Pietro passera la nuit près de lui.

(*Mouvement de désappointement de Mirka.*)

LA PRINCESSE. — Pietro! Alors je suis tranquille, c'est un dogue! Ce Douratieff, à soixante-cinq ans, si ce n'est pas une folie que cette soif d'émotion! Ah! c'est un passionné!

MIRKA. — A son âge, cela peut lui jouer un mauvais tour.

LA PRINCESSE. — Ce sont ses gains fabuleux qui le surexcitent! Ah! monsieur Terko, vous êtes un grand coupable, vous tuez Douratieff! Et vous nous faites vieillir avant l'âge!

TERKO. — Il faut bien reprendre à la Principauté ce qu'elle nous enlève, le général venge les joueurs malheureux.

LA PRINCESSE. — Choisissez-moi donc comme ange vengeur!... Exquis, n'est-ce pas, ces petits gâteaux? Reprenez-en donc, madame!

MIRKA, *fait un geste de refus.* — Merci, princesse.

LA PRINCESSE. — Eh! bien, desservez, Nadèje, desservez.

MIRKA. — Princesse, vous permettez, une cigarette!

LA PRINCESSE. — Mais comment donc! J'oubliais de vous en offrir!

MIRKA. — Merci! merci! j'ai mes orientales!

LA PRINCESSE. — Moi aussi, mais j'aime mieux vous le dire, j'ai un vice affreux: je n'aime que le caporal.

MIRKA. — Il y a des précédents, la grande Catherine de Russie!

LA PRINCESSE, *à Nadèje.* — Allez, ma fille, laissez-nous! (*Sort Nadèje.*) (*A Terko.*) — Maintenant, monsieur, je vais vous faire travailler; ne croyez pas que vous êtes venu ici pour rien! Que lisez-vous dans ma pensée?

TERKO. — Un unique et absolu désir!

LA PRINCESSE. — Rien qu'un seul?

TERKO. — Rien qu'un seul, car il renferme tous les autres, celui de gagner demain au moins cinquante mille francs!

LA PRINCESSE. — Mais c'est de la diablerie et pis, de l'impertinence!

TERKO. — Ai-je menti?

LA PRINCESSE. — Je ne sais plus!

TERKO. — Vous désirez aussi et cela, visiblement, expérimenter ma fameuse divination sur les numéros sortants! Cette petite roulette n'est pas là pour rien, je pense?

LA PRINCESSE. — Vous avez pensé juste, j'avoue!

TERKO. — Je suis à vos ordres, madame! Mais pour ce genre de divination, je n'opère pas seul, il me faut un complice. Si vous voulez me permettre d'endormir madame que voici?... Cela ne vous émotionnera pas trop, si j'hypnotise madame devant vous?

LA PRINCESSE. — Mais nullement! au contraire, cela me passionne, c'est hallucinant!

TERKO, *à Mirka.* — Comtesse, si vous voulez bien?

MIRKA. — Je suis vôtre, mon ami!

(*Elle s'étend, la tête en arrière, les bras aux accoudoirs.*)

TERKO, *donne un peu de jeu à son corsage en passant le doigt au creux des seins.* Vous y êtes?

MIRKA. — J'y suis!

TERKO, *à la princesse.* — Ne prenez pas peur si elle pâlit un peu, ce ne sera rien!

LA PRINCESSE. — Je suis toute remuée!

TERKO. — Chut!... (*Il fait des passes magnétiques et enveloppe de grands gestes Mirka qui s'endort.*) Dormez... dormez, je le veux! dormez... dormez-vous?

MIRKA. — Je dors!

TERKO. — Etes-vous bien?

MIRKA. — Je suis bien!

LA PRINCESSE, *debout et regardant attentivement.* — C'est extraordinaire!

TERKO. — Veuillez me passer la roulette; faites votre jeu, princesse! Mirka, écrivez sur ce papier le numéro, la couleur et le chiffre sortant!... (*Mirka obéit. Terko prend le papier, le plie et le pose devant lui. A la princesse.*) Jouez, maintenant.

(*La bille sautille, grince et s'arrête.*)

LA PRINCESSE. — ...33... noir... impair et passe, j'ai ponté sur les douzaines et j'ai mis sur la rouge, j'ai perdu!

TERKO. — Lisez le papier maintenant!

LA PRINCESSE. — 3 multiplié par 11... pique, qu'est-ce que cela veut dire?

TERKO. — 3 multiplié par 11 = 33, pique en opposition à cœur, noir naturellement.

LA PRINCESSE. — C'est fantastique et déroutant!

TERKO. — Vous plaît-il que je recommence?

LA PRINCESSE. — Oui, encore une fois, si ce n'est pas abuser!

TERKO. — Je vais mettre Mme Cirbey en communication avec M. Bojidar Alexandrof, et je vais tenter une autre expérience! (*Il fait signe au Bulgare et lui fait mettre la main sur le front de Mirka.*) Je vais me mettre en communication avec vous, princesse; et, cette fois, je vais vous suggestionner les numéros sortants, c'est vous qui les nommerez!

LA PRINCESSE. — Moi?

TERKO. — Vous-même, donnez-moi vos deux mains et regardez-moi bien dans les yeux! (*Il la fascine.*) Que voyez-vous?

LA PRINCESSE. — Rien encore. Ah! vos yeux me brûlent, c'est comme du feu qui entre en moi, monsieur Terko!

TERKO. — Vous vous sentez mal, voulez-vous que je cesse?

LA PRINCESSE. — Non, non, continuez, je sens un grand bien-être!

TERKO. — Songez à un numéro!

LA PRINCESSE. (*Elle tombe assise.*) — Je ne peux pas! Ah! vos mains ont une puissance d'étreinte! c'est comme une caresse qui pénètre en moi!

TERKO. — Songez à un numéro!

La princesse, *à moitié endormie et balbutiant.* — 33... 36...

Terko. — Complètement partie!

Mirka, *bondissant de son fauteuil.* — Elle dort, vite le chloroforme!

(*Elle verse quelques gouttes de chloroforme sur un foulard. Le Bulgare le prend et le noue sous le nez de la princesse.*)

Terko. — Mais c'est qu'elle me tient les mains et ne veut pas me lâcher! (*Il se dégage. Au Bulgare.*) Baissez les lampes, éteignez aussi l'électricité! Le verrou! (*Mirka met le verrou à la porte d'entrée. Puis Terko se dirige vers la porte de communication avec la chambre de Douratieff; il l'entr'ouvre avec précaution et voit le valet de chambre endormi. Bas.*) Le chloroforme, Mirka! (*Il entraîne le Bulgare, et arrivé sur le valet de chambre, le bâillonne également avec un foulard imbibé de chloroforme. Bas.*) La lampe! (*Il amène le Bulgare près du lit. Mirka entre avec précau tion, tenant la lampe au-dessus de sa tête, puis la pose sur un meuble.*) *Terko se cache dans les rideaux, prêt à souffler le Bulgare. — Au Bulgare.*) Tu répéteras tout ce que je te dirai (*Il souffle, bas.*) Serge! Serge! C'est moi!

Le Bulgare, *fortement à Douratieff endormi.* — Serge! Serge! C'est moi!

Douratieff, *vaguement.* — Qui, toi?

Terko, *bas.* — Mais moi, Mourline, Boris!

Le Bulgare, *très fortement.* — Mais moi, Mourline, Boris!

Douratieff. — Boris! (*Le général ouvre les yeux et se dresse épouvanté sur son séant.*) Toi, Boris, ici!... comment es-tu venu?

(*Terko fait mine maintenant de chuchoter les mots.*)

Le Bulgare. — Comme l'autre fois : je n'ai eu qu'à pousser la porte!

Douratieff. — Oh! comme tu as l'air mauvais!... ne me regarde pas ainsi! Qu'est-ce que tu veux, Boris?

Le Bulgare. — Tu le sais bien, il me faut de l'argent, j'ai perdu!

Douratieff. — C'est encore cette femme, cette Mirka, cette sangsue?

Le Bulgare. — Assez parlé!... donne-moi la clé de ton secrétaire?

Douratieff. — Mais je n'ai pas d'argent, mon petit Boris, je n'ai rien ici!

Le Bulgare. — Ne mens pas, tu as gagné ce matin soixante-trois mille francs, il m'en faut quatre-vingt mille!... Tu me feras le reste par un chèque... Allons, exécute-toi, je suis pressé!

Douratieff. — Boris, mon petit Boris, je t'assure!...

Le Bulgare. — Allons, veux-tu?

Douratieff. — Je t'en supplie... vois dans quel état je suis!

Le Bulgare. — Veux-tu?

Douratieff. — Attends... Attends jusqu'à demain... oui, demain, je te promets.

Le Bulgare. — Tout de suite, oui ou non?

Douratieff. — Je te promets... pour demain... sans faute!

Le Bulgare. — Tout de suite!... (*Il le secoue.*) Allons, allons!

Douratieff. — J'étouffe... Pietro!

Le Bulgare. — Tais-toi!... Si tu appelles, je t'assomme!

Douratieff. — Mon petit Boris, grâce, grâce!

Le Bulgare. — Ah! chien d'avare.

(*Il brutalise Douratieff et le jette hors de son lit.*)

Douratieff. — Ne me fais pas de mal, ne me tue pas!

Le Bulgare. — Alors, la clé?

Douratieff, *en rampant va la chercher dans le tiroir de la table.* — Tiens! tiens! (*Le Bulgare va au secrétaire, l'ouvre et y prend des billets de banque, des bijoux.*) *Le général aperçoit alors Terko*). Terko aussi, Terko! Ah! je suis perdu!

Terko. — Votre carnet de chèques?

Douratieff. — Pourquoi?

Terko. — Signez un chèque de trois cent mille francs payable à Vienne, au nom de Mirka Cirbey!

Douratieff. — Non cela, jamais, tu l'aimes, je la hais!

Terko. — Signez!

Douratieff. — Non, elle a déjà sa rente viagère!

Terko. — C'est une bagatelle, il me faut plus; je l'épouse!

Douratieff, *du sang plein la gorge.* — Tu l'épouses! (*Apercevant enfin Mirka qui éclaire la scène en tenant la lampe.*) Ah!....... Mirka!

(*Il roule à terre foudroyé.*)

Terko. — Trop tard! nous ratons le chèque!

Mirka. — Il a son compte!

Terko. — Oust! déguerpissons!... pas par là! il faut réveiller la princesse, établissons l'alibi, pas de train pour l'Italie avant quatre heures, nous serions pincés! (*Il pousse Mirka et le Bulgare dans la chambre de la princesse.*) — Allez!... Mirka, ouvre-moi la porte du fond de la chambre de l'Alexianeff! (*Il remet le verrou intérieur à la porte de communication et, avant de sortir, il secoue le valet de chambre, retire le bâillon et sort. Mirka lui ouvre la porte du fond de la chambre de l'Alexianeff qui était fermée au verrou.*) Vite, ranimons la princesse! (*Il enlève le bâillon. Elle revient à elle et regarde autour d'elle; effarée. Terko est tout de suite très empressé.*) Eh bien, vous nous en faites des peurs, princesse!

La princesse. — Je m'étais endormie?

Terko. — En cinq minutes!

La princesse. — Et j'ai parlé?

Mirka. — Comme un ange!

La princesse. — Avez-vous pris des notes au moins?

Terko. — Vous n'avez pas parlé jeu!

La princesse. — Qu'ai-je dit?

Terko. — Qu'importe! Allons, vite à cette roulette, faites votre jeu, princesse! M. Alexandrof est en communication avec moi, vous allez juger de ses talents!

Pietro, *revenant à lui dans la chambre du général.* — Ah! Ah! à l'aide! j'étouffe!

Mirka, *prêtant l'oreille.* — On s'agite à côté! (*S'adressant aux autres.*) — Ne bronchez pas!

La princesse. — 18, 9, 6 et 3, rouge!

Pietro. — Au secours, au secours, à moi!

La princesse. — Le général se plaint! Bah! il a son valet de chambre auprès de lui!

(*Pietro s'est traîné jusqu'à la sonnerie électrique. Carillon exaspéré. Mirka et Terko se regardent.*)

La princesse. — On appelle chez le général! Pietro l'a donc laissé seul! (*Elle se dirige vers la porte de communication.*) On a fermé cette porte, il se passe quelque chose! (*Elle va vite ouvrir la porte du fond et appelle.*) Nadèje! Nadèje! (*Entre Nadèje.*) Vite, ma fille, prévenez le service, qu'on vienne tout de suite chez le général!

(On entend de bruyantes sonneries électriques.)
Entre, le premier, un maître d'hôtel chez le général. Il donne l'électricité, trouve le cadavre du général, le valet de chambre râlant et le secrétaire ouvert.

LE MAITRE D'HOTEL. — Qu'est-ce que c'est? Sacré nom de Dieu! On a tué ici, vite, le médecin! *(Sonnerie électrique. A la porte.)* et vous les autres!

(Entrée du personnel dans la chambre du général.)

NADÉJE, *à moitié dans la porte de la chambre du général.* — On a tué le général! On a tué le général!

LE MAITRE D'HOTEL, *la saisissant par le bras.* — Taisez-vous, malheureuse, pas de scandale, pas un mot, pas un cri!

(Pendant ce temps le médecin est entré, s'est agenouillé près du général et il le palpe.)

LA PRINCESSE, *contre la porte.* — Mais ouvrez donc, que se passe-t-il?

MIRKA, *bas à Terko.* — Vous avez eu tort de débâillonner si vite le valet de chambre!

TERKO. — Merci, je ne me souciais pas d'un meurtre, et puis on doit nous trouver ici, cette chambre est notre alibi.

LE MAITRE D'HOTEL, *contre la porte.* — C'est vous, princesse?

LA PRINCESSE. — Oui, ouvrez-moi, qu'y a-t-il?

LE MAITRE D'HOTEL, *ouvrant.* — Rien, le général a eu une syncope!

LE MÉDECIN. — Aucune trace de violence, il est mort de congestion, mais le valet de chambre a été chloroformé!

LA PRINCESSE. — Ciel!

LE MAITRE D'HOTEL. — Et le secrétaire vidé!

LA PRINCESSE. — Et nous n'avons rien entendu!

TERKO. — Nous étions là, à côté, jouant à la roulette, rien entendu, c'est étrange; on avait fermé la porte au verrou, d'ailleurs!

LA PRINCESSE. — Oui, à dix heures, elle était encore ouverte!

LE MÉDECIN. — Alors, on est entré par celle-ci!

(Il montre la porte du fond.)

LE MAITRE D'HOTEL. — Naturellement.

LE MÉDECIN. — Étrange, bien étrange que ce valet de chambre n'ait pas appelé, n'ait rien entendu! Quelle nationalité?

LE MAITRE D'HOTEL. — Italien.

LE MÉDECIN. — Oh! alors, chloroforme convenu peut-être! Comédiante, tragédiante! Il faudra maintenir cet homme en état d'arrestation!

LA PRINCESSE. — Ah! mon pauvre Douratieff! Quelle abomination! C'est épouvantable!

LE MÉDECIN. — Ne vous énervez pas, princesse! Vous n'avez que faire ici! Rentrez chez vous! *(A Mirka et à Terko.)* Et vous, madame, et vous, monsieur, n'abandonnez pas la princesse seule, restez encore un peu auprès d'elle!

LA PRINCESSE, *dans sa chambre.* — Ah! oui, ne m'abandonnez pas, mes chers amis!

TERKO. — Mais oui, nous restons, princesse! remettez-vous! Au reste, il n'était guère intéressant de son vivant, le général!

LA PRINCESSE. — En effet!

MIRKA, *la voix étranglée.* — Et profitons de la présence de M. Bojidar Alexandrof... vous avez dit 6 × 9 × 3, cœur, allons, rouge, impair et passe!

LE MÉDECIN, *écrivant, dans la chambre du général, la déclaration du décès.* — Mort de congestion!

Rideau.

Corbeil. — Imprimerie Éd. Crété.

www.ingramcontent.com/pod-product-compliance
Ingram Content Group UK Ltd.
Pitfield, Milton Keynes, MK11 3LW, UK
UKHW020407250726
13967UKWH00006B/2508

9 782013 045803